戈多来了

徐前进 著

GODOT
IS COMING

上海三联书店

目录 / Contents

序言   001

第一幕   古代人戈多   001

第二幕   现代人戈多   045

第三幕   东方人戈多   079

第四幕   戈多是谁   111

序言

第二年，在相同的季节，爱斯特拉贡和弗拉第米尔又来了。

这里的时间好像已静止，一切都是原来的样子。那块石头仍旧在这里，一点儿都没变旧，后面的树上还是那几片叶子。

去年，这里只有他们两个人。他们太无聊了，说话的时候无聊，沉默的时候无聊，在那棵树上吊的时候也无聊。于是，一个幻想的世界出现了。

他们不喜欢城市，希望去没有水泥的乡间，于是他们到了乡间，坐在路边的石头上，几乎看不到一个人，那是他们的幻想。他们觉得树上的叶子有时候多，有时候少，那也是他们的幻想。他们看到波卓牵着幸运儿来了，那个孩子也来了，他说是戈多的助手，那还是他们的幻想。波卓、幸运儿，还有那个孩子，只会在他们的幻想里出现。

今年与去年一样，他们坐在路边，路上人来人往，他们全都看不见，或者说视而不见。他们进入了一个完全是自己的世界，却没有意识到这是自己的世界。

他们坐在这个世界里，仍然等待着戈多，像去年一样，絮絮叨叨、没完没了地说话。

　　爱斯特拉贡：我们在干什么？

　　弗拉第米尔：等待戈多。

　　爱斯特拉贡：戈多是谁?

　　弗拉第米尔：不知道。

　　爱斯特拉贡：我们为什么等待戈多？

　　弗拉第米尔：我们必须等待，因为等待就是戈多。戈多好像变成了等待这个词，我们的等待没完没了，戈多也就没完没了。

　　爱斯特拉贡：我们好像忘了去年的情况，所以我们的等待是全新的。

　　弗拉第米尔：去年，我们没有等到戈多，所以戈多也是全新的。

　　爱斯特拉贡：即使戈多去年来过，今年再来，他也是全新的，因为我们失去了记忆。

　　弗拉第米尔：如果说我们还有一点记忆，那么我们只记得我们在等待戈多。

　　爱斯特拉贡：我们说了这么多，有意义吗？

　　弗拉第米尔：没有意义。

　　爱斯特拉贡：没有意义就是有意义。

　　弗拉第米尔：有意义就是没有意义。

　　爱斯特拉贡：荒诞就是一切，所以荒诞是这个时代的父亲。

　　弗拉第米尔：一切都被荒诞笼罩着，所以一切是这个父亲的儿女。

　　……

他们说得累了。但这一次，他们不想在后面的树上吊死，因为吊死也没有意义，所以他们开始沉默。

刚才，他们没完没了地说，是为了失去意义。现在，他们沉默不言，像身后的那棵树，也是为了失去意义。他们似乎明白了一个道理：说话让人失去意义，沉默也让人失去意义。

他们躺在石头旁边，迷迷糊糊地睡着了，好像做了一个梦。有时候，他们觉得这是梦；有时候，他们又觉得这不是梦。因为他们醒着的时候也在做梦，看到的几乎与梦里一样，听到的几乎与梦里一样。

最后，他们觉得这应该是一个梦，因为戈多来了。他从远处走来，身后拖着三个影子，在很远的地方就看着他们，而且一直看着。走到他们身边的时候，戈多还看着他们，十分平静，也十分深奥。

在这个梦里，他们将语言打碎，或者被语言打碎，几乎说不出一个完整的句子，也不能理解一个完整的句子，只能目瞪口呆地看着戈多，还有他的三个影子，就像看着一个从来没有见过的奇迹。他们觉得戈多的确像神一样，有时候像语言之神，有时候像时间之神，有时候像正义之神，有时候像荒诞之神，有时候像具体之神，有时候像魔幻之神……

戈多对着他们说话，他的三个影子也在说话：

"我是戈多，你们等待的戈多。我在剧院里看了《等待戈多》，像其他人一样，我也觉得我是不存在的，像一个未知的谜。不是说我真的不存在，而是《等待戈多》让我觉得我不应该存在。我不想接受贝克特的定义，所以我出现了。我之所以出现，是想告诉你们，这仅仅是你们的样子，不是我的样子。我没有出现的时候，你们是这个样子；等我出现了，你们不再是这个样子。你们是破碎的，也可能是完整的；你们是抽象的，也可能是具体的；你们是荒诞的，也可能是深奥的。即使贝克特有定义你们的力量，但你们没有定义我的力量，更没有定义这个时代的力量。但很多人并不这么想，他们觉得这不仅是你们的样子，也是这个时代的样子。他们觉得这个时代的人都是这个样子，即使不是这个样子，也要变成这个样子。这么想是不对的。他们经常说人是自由的，又不允许每个具体的人是自由的。他们经常说人是平等的，却将平等变成了冷冰冰的镣铐。在这个被战争打碎的时代，每个人看起来是自由的，平等的，却失去了思想，不敢独立判断，宁愿服从一个遥远又陌生的声音。在这个被战争打碎的时代，你们可以觉得自己没有意义，也可以觉得这个世界没有意义，但你们不能诱惑那些人，让他们觉得自己没有意义，让他们觉得这个世界也没有意义。你们要知道，他们很容易受到影响，而且渴望受到影响。他们本来觉得自己是存在的，但如果听到一个声音，哪怕是一个遥远又陌生的声音，这个声音说他们没有意义，他们所在的世界也没有意义，那么他们会相信这个声音，承认自己是没有意义的，也承认这个世界是没有意义的。他们还会将这个声音看作所有推理的前提，然后无限地推理，而最终的结论是一切没有意义。所以，无论你们怎么想，都不能影响那些人。如果你们让他们知道你们是怎么想的，然后他们也这么想，那么你们要对这个结果负责。你们的确在这里等我，虔诚地等我，无聊地等我，荒诞地等我。当我出现的时候，你们是不是觉得自己的世界坍塌了？或者你们去问问贝克特，他的世界是不是坍塌了？无论是你们的世界，还是贝克特的世界，都拒绝原因，也拒绝结果。而我出现了，作为一个原因出现了，作为一个结果出现了。如果一个世界里既没有原因，也没有结果，那么道德会失去力量，因为道德是一种因果关系。在第一个原因出现的时候，道德就跟在它身边。在最后的结果出现的时候，道德仍然会跟在它身边。道德可能是沉默的，但它知道一切，还会审判一切。很多人知道这个道理，他们如果不想被道德审判，就会打碎因果关系，让原因消失，或让结果永远不出现。在打碎因果关系的时候，他们是胜利者，因为他们驱逐了道德，然后生活在一个没有因果关系的世界里，也就是生活在没有审判者的世界里。但在这个世界里，他们觉得自己失去了意义。他们说的没有意义，他们做的没有意义，他们活着也没有意义。所以，这些人在等待戈多，你们也在等待戈多。在未来三天，我会来这里，第一天我是古代人，第二天我是现代人，第三天我是东方人。每天的戈多都不一样，你们不要让任何一个戈多想起他是其他的戈多，他只是一个时刻的戈多。明天的戈多来这里的时候，今天的戈多会消失；后天的戈多来这里的时候，明天的戈多会消失。当最后一天的戈多消失的时候，真正的戈多才会出现，作为一个伟大又深奥的象征。那时候，你们会知道戈多是谁，也会知道你们的等待有没有意义。最终的结果一定会出现，你们应该接受这个结果。一旦接受这个结果，你们的因果关系就会复活。一旦因果关系复活了，你们会睁开眼睛，高兴地看着这个世界，或痛苦地看着这个世界。你们活在这个世界上，而且只能活在这个世界上，看着这个世界的一切。你们打碎了这个世界的很多地方，或者说你们的父辈打碎了这个世界的很多地方，现在你们不能再肆无忌惮地打碎一切，却要肆无忌惮地打碎自己。你们打碎自己的时候，仍然意气风发，斗志昂扬。可是打碎自己之后，你们竟然觉得无聊，失去了意义。你们要记住，这仅仅是你们的感觉，不是柏拉图的感觉，不是培根的感觉，不是笛卡尔的感觉，不是中国人的感觉，不是印第安人的感觉，也不是非洲人的感觉。你们可以用你们的感觉定义自己，但不能用你们的感觉定义我，不能用你们的感觉定义古代人、现代人、东方人，也不能用你们的感觉定义这个世界。古代人对待这个世界的方式是敬畏，现代人对待这个世界的方式是索取。东方人对待这个世界的方式是回归自己，而西方人渴望成为造物主，重新改造这个世界。西方人觉得自己就是启示，自己就是第一原因，最后却被无聊与荒诞捕获。你们可以用这种方式对待你们自己，但不能用这种方式对待那些为你们拉船的人，为你们织布的人，为你们种粮食的人，为你们烤面包的人。去年，你们在这里等待戈多的时候，吃了很多面包。你们觉得这些面包是天上掉下来的，而不是哪个人为你们烤的。你们生活在现代，却看不到现代人。同样，你们也不能用这种方式对待古代人。你们仿佛失去了历史意识，觉得这个世界没有过去，即使有过去，过去的人也像一棵无聊的树，或一棵多余的树。如果你们这么想，那就错了。在这个世界上，没有一棵树是无聊的，没有一棵树是多余的。你们更不能用这种方式对待东方人。你们不了解东方，却轻视东方人。东方人活得很苦，但比你们深奥，比你们有智慧，比你们热爱这个世界。他们仍然在艰苦中跋涉，怀着希望，却没有机会展示自己的深奥与智慧。你们是东方的征服者，你们是现代世界的胜利者。胜利者总觉得自己无所不能，可以随意审判失败者，因为这是一个失去了正义的世界。但在一个正义的世界里，应该受到审判的是胜利者，而不是失败者。如果明白了这个道理，你们甚至无法面对那些失败者，尤其是他们顶天立地站在你们面前的时候，你们除了迷惑，除了羞愧，以及羞愧后的愤怒之外，还能怎么办？你们要再次发怒吗？东方人会告诉你们什么是深奥，你们的愤怒就会瞬间消失。去年，你们没有等到戈多。今年，你们会等到三个戈多。如果剧场里的观众有愿望，其他的戈多还会来。这是贝克特没有想到的，也可能是他不愿意看到的，因为他让你们等待的是一个不会出现的戈多，他让你们等待的是等待这个词。有时候，他像一个高明的魔术师，将这个词无限延长，没有开始，也没有尽头。有时候，他像一个糊涂的魔术师，将这个词无限缩短，删除了所有的过程，作为一个没有意义的结果飘在天上，或埋在土里。但戈多来了，而且来了三个，他们会告诉你们很多道理，然后消失不见，就像从没有来过一样，所以不会占据你们的记忆。但你们要去寻找自己。一切的罪恶源于荒诞，一切的麻木源于荒诞，而一切的荒诞在于找不到自己。你们可能会找到自己，也可能找不到自己。无论如何，你们一定会知道有些人为什么荒诞，有些人为什么觉得这个时代荒诞。你们还会知道荒诞不是尽头，荒诞之外还有一个神秘的世界，冰冷的是正义，温暖的是刻薄，透明的是屈辱，沉默的是崇高，喧闹的是虚伪。那时候，你们可能还是荒诞的，但你们会热爱这个神秘的世界。"

他们看着戈多，十分迷惑，梦里迷惑，醒来也迷惑。他们面面相觑，又抬起头看着天。他们觉得什么也没看到，于是又低头看着地。

他们曾经热切地等待戈多，可是当戈多出现后，他们又想让他消失。他们想回到那个没有原因、没有结果、没有意义的世界。他们觉得等待戈多只是一个借口，一个让他们感受荒诞的借口。可是戈多出现了，他们的荒诞也就结束了。

等待戈多的时候，他们是荒诞的，但戈多来了，荒诞消失了，他们是孤独的。他们从未感受过这种孤独，甚至从未想过竟然有这种孤独。他们被这种孤独缠绕着，所以又向往之前的荒诞，希望荒诞一直延续下去。可是，当他们知道荒诞最终会变成孤独的时候，他们开始痛恨自己，也痛恨贝克特。

他们闭上眼睛，希望贝克特出现。贝克特出现了，他从这里经过，脖子上有一条他喜欢的棕色围巾，斜着眼睛看着他们。

他们告诉贝克特，他们不喜欢戈多。

贝克特说他们没有理由喜欢，也没有理由不喜欢，但他们有理由在这里等待戈多。既然他们是在这里等待戈多，当戈多出现的时候，就应该看着戈多，听着戈多。

他们问贝克特为什么这样写？

贝克特说他也不知道自己为什么这样写。一个想法突然来了，站在他面前，像一个坚硬的启示。他要将这个启示打开，于是不停地写，最后竟然是一部啰里啰唆的戏。有时候，他觉得自己写了这部戏，有时候又觉得自己没有写，尤其是当他在剧院里看戏的时候，他觉得这不是他写的。他怎么会这样写呢？破碎、无聊、空洞、没有意义，他不知道这样写是为了什么。

他们说如果仅仅是为了表达破碎、无聊、空洞、没有意义，那么在每页上写满这些字，不就可以了吗？

贝克特说他在看戏的时候，觉得以前的自己死了。现在，站在他们面前的贝克特是全新的，是昨天才降生的。而降生的时候，他已经失去了记忆，所以不知道那个死去的贝克特到底经历了什么？

他们说《等待戈多》在舞台上演了一遍又一遍，每演一遍，他们就要等待。他们觉得"等待"这个词就像暴君一样，他们必须服从，没有原因，也没有结果。

贝克特告诉他们，他们有理由痛恨那个已经死去的贝克特，因为他创造了他们，不但创造了他们，还定义了他们，像造物主捏泥人一样定义他们。

贝克特还告诉他们，他们有理由痛恨那个已经死去的贝克特，还因为他将他们当作他自己的影子，这是不公平的。但他们既然来到了这个世界，无论愿意还是不愿意，他们都得活着，作为破碎的象征，作为荒诞的象征，作为无意义的象征。有些人喜欢他们，有些人厌恶他们。无论喜欢还是厌恶，这是别人的选择，而他们自始至终没有选择的机会。在这个世界上，像他们一样的人还有很多。他们不想来到这个世界，却来到了这个世界，像奴隶一样活着，没有白天，没有黑夜，没有原因，没有结果，没有意义，甚至不再想有没有意义。在这个世界上，选择从来都是珍贵的，比财富珍贵，比爱情珍贵，所以被人垄断，被人霸占。只有绝对的权力才有绝对的选择，但绝对的权力意味着绝对的奴役，绝对的奴役又意味着绝对的荒诞。

贝克特最后告诉他们，当他们意识到自己的时候，不要问这个自己是从哪里来的，也不要问这个自己要到哪里去，什么都不要问，要真诚地拥抱这个自己。他们已经被舞台下的观众当作西方没落的精神象征，至少是这个没落时代的精神象征。西方的没落就像一场病，一场从来没有出现过的流行病。谁都不知道有多少人会死，有多少人能活，所以有些恐慌，然后在恐慌中感受着各种症状，例如荒诞、无聊、失去方向、失去意义、失去道德感。

第一幕

古代人戈多

爱斯特拉贡和弗拉第米尔的梦消失了。他们坐在石头上，身体僵硬，精神恍惚，不知道这个梦是真的还是假的，也不知道戈多会不会来。

但戈多真的来了。在他们的惊奇中，戈多穿着古代人的衣服，一件白色长袍，戴着一顶花冠，花冠上有白色的花、绿色的叶子，向他们走来。

他们不知道这是不是古代人的衣服，却知道现代人一定不会这样穿。现代衣服要有利于动作，自由地蹲下，站起来，自由地向左转，向右转，总之不能阻碍任何动作。而古代人不一样，他们喜欢隐藏，隐藏自己的身体，隐藏自己的智慧。

戈多：古代人的确是这样穿的，但不要觉得古代人就是呆板的。你们去看看古代的雕像、绘画，古代人的腿那么粗壮，身体那么强壮，灵活，充满了不可预测的力量。

爱斯特拉贡：我们不知道什么是古代人，什么是现代人。

戈多：古代人与现代人有一个区分，也就是机械是否持久、稳定地放大人的体力。古代人也有省力的工具，但不能持久、稳定地放大人的体力。现代人就不同了，你们动一动手指，就能推动一个巨大的轮子。这不是因为你们的手指有力量，而是因为你们启动了一个神秘的机械装置。

弗拉第米尔：为什么这是区分古代人与现代人的标准？

戈多：一个人想展示自己的体力，例如搬起一块大石头，或背起一个沉重的袋子，他有多大的力量就用多大的力量，既没有放大，也没有缩小。他会认识到身体力量的边界，然后尊重这个边界，知道边界之外的一切是他无能为力的。如果一个人的体力被过度放大，轻松地背起十个袋子，搬起二十块石头，他就无法认识到这个边界，他会高估自己的力量。一种虚假的认识就会出现，他觉得自己很厉害，甚至无所不能。如果这种虚假的认识是永久的，他会感到无聊，并可能走向暴政，却不会有失落感。如果有一天，他突然认识到身体力量的边界，这种虚假的认识也就随之消失，他会有一种失落感，仿佛一切都不可把握。古代人没有这种失落感，因为他们从来不会夸大身体的力量。而现代人经常有这种失落感，因为你们无限地夸大了身体的力量。

爱斯特拉贡：这是古代人与现代人的唯一区分吗？

戈多：当然不是，还有其他区分。古代人几乎什么都会，至少与生存有关的，什么都会。他会种瓜、种麦子、种蔬菜。他会选种子、存种子、育种子。他会犁地、播种、施肥。他知道什么时候锄草、浇水，知道什么时候收获，也知道收获之后如何保存食物。他看着麦子从无到有，从绿变黄，锄草，浇水，收获，然后用石碾子将麦子从麦芒里赶出来，晒干，风大的时候高高地扬起来。他知道风会把尘土和空壳吹走，留下的是麦子。如果想吃面包，他要将麦子放在石磨上，磨成面。之后，他去附近的水井取水，提着两个自己做的木桶，一步一步走向水井，有些累，但极为真实。井边有根绳子，他将木桶下沉到水里，晃来晃去，然后提上来，他能清晰地感受到手握着绳子的感觉，有些沉，但极为真实。他到家的时候，累得满头是汗，肩膀有些疼，每次担水都疼，但这次疼得厉害，因为农忙时节，他的体力消耗太多。他将磨好的面倒在瓷盆里，那是一个附近的窑厂烧的瓷盆。他走路过去，买回来，一路上抱着，扛着，背着。他知道身体的力量快用完了，只能放到地上休息一会儿。放瓷盆的桌子也是他自己做的，附近有卖的，但有些贵，所以他要自己做。他砍了一棵树，晒了两年，然后用锯子锯开木头。他闻到了木头的香味，并根据木末情况判断木头的干湿。那把锯子是一个流动铁匠打的，他差不多半年来一次，每次来都会吸引很多人围着看，因为他们喜欢看烧红的铁在锤头下是如何变化的。他往瓷盆里倒了井水，搅拌，揉搓，首先和好面，做成一个又一个的面包，然后放进烤炉。这个烤炉也是他自己做的，而且只能自己做。他赶着牛车，去荒郊野外，挖开黄土，取了一些灰色的深层土，运回来，浇上水，和成泥，不能太稀薄，也不能太黏稠，然后做成炉底、炉壁，又将木柴放在炉壁里，生火烤透。他对这个烤炉很满意，已经用了差不多两年。他对自己的牛也很满意，看着它从小长到大，任劳任怨。它温暖地看着他走来，温暖地看着他离开。他甚至有些依恋它，所以会考虑一个问题：等这头牛老了，是卖了它，还是养着它？有时候，他觉得应该养着它，有时候又觉得应该卖了它。每当这个问题出现的时候，他会纠结。对于一个农夫来说，这是一个不得不面对的道德问题。他将面包放进炉子，看着升腾的火焰，又想起了这个问题。他闻到了面包的香气，一种馥郁的香气。他取出一个，迎着风凉了凉，自己吃了一块，给牛也吃了一块。他喜欢看着牛咀嚼的样子，缓慢，悠长。

弗拉第米尔： 我们没有种过地，没有收过粮食，没有提过水，没有烤过面包，也没有闻到新烤面包的香气。我们不知道粮食来自哪里，不知道面包要用炉子烤。我们吃过牛肉，但没养过牛，甚至不知道牛还有眼睛，更没有看过牛的眼睛，但我们也没有饿死。

戈多： 你们的身体没有饿死，但你们的精神状况可不太好，好像饿得要发狂，好像饿得要迷失。古代人不但自己做吃的，也自己做工具，只要是自己需要的，都会自己做，各种炊具，勺子、桌子，还有各种器具农具，器具筛子、器具箩筐、器具铁犁、器具铁锹、器具铁锄。如果需要架子，他们就用锯子锯木头，做一个架子。如果需要柜子，他们就用锯子锯木头，做一个柜子。如果需要床，他们就用锯子锯木头，做一张床。

爱斯特拉贡： 这些东西我们都见过，但从来没有自己做过，因为我们能买到。这样能省去很多时间，我们可以做其他事。

戈多： 我不知道这个变化对于现代人有什么好影响，我想可能有好影响，但一定有坏影响。现代人的生活不再是缓慢的、连续的、深沉的，也不再是可以理解的，你们好像活在断裂中，你们的时间是断裂的，不知道昨天与今天的关系，你们的空间是断裂的，不知道住在哪里，又为什么住在那里。古代人不理解你们的生活，你们也不理解自己的生活。现代世界有不计其数的人，每个人都有自己的事业，每个人都很忙碌。但你们又觉得失去了追求，即使每天忙忙碌碌，即使每天累得要死，仍然觉得失去了追求。

弗拉第米尔：你如何证明你说的是对的？

戈多：你提出了这个问题，说明你没有清晰的历史意识。你一定不知道古罗马的老加图，他本是平民，后来参军，获得了荣誉，然后成为罗马共和国的监察官，一个很高的职务。尽管如此，他从来没有离开农业，自己种地，自己收获，自己储备。他知道如何选地，如何沤肥，如何剪枝，如何嫁接，如何防虫，如何榨油，如何酿酒，如何消除酒中的坏味，如何做饼，如何做面包，如何用油炸饼，如何做淀粉，如何养鸭，如何养牛，如何防治各种疾病。在辛苦的劳动里，他要靠身体的力量，所以他知道身体力量有多少，也知道用这些力量能做什么，不能做什么。他每天都觉得劳累，却能清晰地看到劳累后的收获，所以能安然入睡。他失眠过，那是因为白天睡多了，而不是因为失去了睡眠。他知道什么是无聊，但从来不会被无聊掀翻，也就不会变成匍匐在地的懦夫。这样的懦夫很可怜，他仿佛知道一切，比其他人领悟得更透彻，但他的手总是垂着，他的头总是低着。他想去一个地方，但他的身体好像散了架，没有一点力量。他睁着眼睛，希望看到一切，但他的眼睛泛着苍白，没有一点光芒。如果你们去问问他知道什么，他说他什么都知道，他说他看透了这个世界，却对一切无能为力。这是懦夫的样子。你们了解他的情况后，即使他再穷困潦倒，也不会同情他。

爱斯特拉贡：这确实是我们的问题。我们活着，却不知道怎么活着，也不知道为什么活着。所以，当有人告诉我们，活着是为了死去，我们就信了，从此不再问为什么活着，也不再问为什么死去。当生与死失去了意义，这个世界上的一切也就失去了意义。

戈多： 对于古代世界，你们是陌生的。如果你们能看到古代世界，一定像看着一个谜。你们不知道如何种地，不知道种地需要种子，不知道什么种子结什么果子。你们有自己的房子，却不知道这个房子怎么盖。你们在里面住了很久，却不知道房子的结构。你们甚至会问，盖房子需要木头吗？盖房子需要石头吗？你们经常吃肉，羊肉、牛肉、鸡肉，放肆地吃，没完没了地吃，但你们没有见过羊，没有见过牛，没有见过鸡。但古代人不一样，他们也吃肉，羊肉、牛肉、鸡肉，他们知道这些动物是怎么长大的，因为这是他们自己养的。他们看着一头小牛生下来，看着它的妈妈一天一天哺育它，看着它一天一天长大。他们确实舍不得吃这头牛的肉，但总不能一直养着。这是艰难的时刻，就像那个农夫遇到的问题一样。最后，他们吃了这头牛的肉，却是怀着悲悯之心。这种悲悯之心让他们难过，让他们反思，让他们知道了生命的残酷。他们又能怎么办？只能不断地思考，思考人的罪业，思考人的良知，思考人的伟大，思考人的虚伪。古代人有高深的思考，悲悯之心是重要的背景。现代人也喜欢思考，但你们思考的背景是什么？

弗拉第米尔： 是好奇，是有用，或是为了证明我们的无聊不是无聊。我们总希望看到结果，不关心过程，也不关心这个结果是否违背了良知，是否违背了正义，是否违背了法律。只要是结果，我们就喜欢，甚至崇拜。我们崇拜因果关系，但实际上崇拜的是结果，而不是原因。

　　戈多：这种崇拜让你们迷惑。当所有人都关注结果的时候，结果就是稀缺的。稀缺的东西会让人争抢，而争抢的方式不是靠原始的体力，而是靠放大的力量，或隐秘的关系。这种关系是不可见的，难以捉摸的，有时候会帮助使用这种关系的人，有时候也会毁掉他。但无论如何，他获得了结果。这个结果本来不属于他，但他还是获得了这个结果。他很高兴，而且觉得理所应当。很多人质疑这个结果，但没有证据，因为获得的过程被他藏起来了。那些人觉得被欺骗了，却只能忍受。他们为此忍了一年、两年、十年。在日复一日的忍受中，一种平静在他们的心里出现了。这种平静让他们愤怒，但只能自己愤怒，无法表达出来。于是，他们又会压抑，但只能自己忍受压抑。等到愤怒久了，压抑久了，他们就会打碎稀里糊涂的信仰。对于因果关系，古代人也信仰过，但他们信仰的是一种模糊的因果关系，或不确定的因果关系。古代人面对的是一个不可捉摸的世界，那个世界里有神的影子，而一想到神，他们就会放弃因果关系，因为神可以取代因果关系，可以挽救因果关系，也可以驱逐因果关系。尽管如此，古代人对于自己的生活还是有把握的，他们知道要付出努力，然后看着这些努力一点点变成食物，变成衣服，变成名利。当然，对于那些被他们吃掉的动物，他们怀着悲悯之心，因为他们抚摸过这些动物，注视过这些动物，甚至跟它们说过话。现代人的心灵好像被什么东西蒙起来了，你们不知道羊要吃草，也从来没有在广阔的田野里赶着一群羊，漫无目的地走来走去，因为你们厌恶没有目的。你们从来没有安静地看过羊的眼睛，在广阔的田野里，远处是被雾气遮掩的山，它低下头吃草，你们看到了远处的山，它又抬起头咀嚼，然后你们看到了它的眼睛。你们不知道鸡要上树睡觉，每当日落西山，鸡会飞到树上，一切都变得安静了。这棵树非常古老，树皮成了黑色，被青色的藤条缠绕。在老树的最高处，两只乌鸦飞过来，一声不响地落在那里。老树的前面有小溪，溪水在慢慢流淌。不远处有木桥，一个人走过木桥，回到家里。第二天，他会听到老树上公鸡的叫声，而且一定是在黎明时分。

爱斯特拉贡：这些我们都不知道，在梦里也没有出现过。我们觉得生活在一个又一个的结果里，好像没有尽头，我们走啊走，始终看不到尽头。

戈多：你们看不到尽头，是因为你们忽视了自己的世界，或是要逃避自己的世界，然后进入一个你们向往的、却不存在的世界。从小到大，你们都愿意幻想，而且幻想了很多这样的世界，但你们得到了什么？现在，你们看看那边，一个人走来，手里牵着一只狗。他喜欢狗，却不知道狗是从哪里来的。他觉得狗是从天上掉下来的，或从土里长出来的，因为他花了一百块钱，就从路边买了这只狗。他喜欢狗的温暖，并用这种温暖填补他对于真实世界的失望，填补他对于幻想世界的失望。

弗拉第米尔：我们好像已经不失望了，我们现在是麻木，就是什么也感觉不到。

戈多：因为你们生活在坚硬的水泥世界里。你们摸到的是水泥，看到的是水泥，走过的地方也是水泥。你们可能觉得自己的心灵非常丰富，贝克特也可能觉得自己的心灵非常丰富，但一个心灵从出生到死亡，都在水泥的世界里，有什么丰富的？那是一种无聊的幻觉。为了不被无聊压死，你们不断地说话，没完没了地说话。你们以为这是丰富，但这不是丰富，这是无聊。如果将无聊当作丰富，这样的人不会自我解脱，反而会陷入更深的无聊，最后在无聊中回归平静。这是一种没有回头路的平静，通向的是死寂。

爱斯特拉贡：那我们怎么办？我们不喜欢喋喋不休，却总是喋喋不休。我们喜欢意义，却总是找不到意义，在沉默中找不到，在喋喋不休中找不到，小时候找不到，长大了也找不到。这是我们的错吗？

戈多：我承认你们有无限自由的意志，但你们将无意义当作自由，然后勇敢地追求无意义，而且不顾一切地表达这样的愿望。古代人没有无限自由的意志，因为我们要活着，极为艰难地活着。我们的食物总是不够，我们的孩子经常饿死，在今天，或在明天，在今年，或在明年。我们总在渴望，阴天的时候渴望下雨，如果大雨如期而至，我们一定会欢呼雀跃。可是，一阵风吹来，我们觉得那不是雨风。当云被风刮走的时候，我们是失望的，因为我们的粮食会干枯。秋收的时候，我们又渴望艳阳高照，因为雨水会让粮食腐烂。看着辛苦的果实消失了，看着本该属于自己的果实消失了，我们会绝望。这还不是我们最担心的，我们最担心的是战争。每次战争都没有一点迹象，突然间城门关闭了，突然间我们依附的贵族逃跑了，我们被掳走，或被杀死。所以，古代人没有无限自由的意志，而你们有无限自由的意志，因为你们不用担心吃不饱，不用担心没地方睡觉，不用担心自己的生命随时熄灭。古代人有很多担心，时时刻刻要逃避危险。你们不用担心这些，但你们被一种虚假的自由意志俘获了。你们觉得是自由的，但你们不知道这种自由有什么意义，所以你们又厌恶自由。为了逃脱虚假的自由，你们甚至愿意找一个可以依附的权威，将这个权威当作虔诚的信仰。但这个权威一旦出现，你们又会失望，因为他要奴役你们，用具体的力量奴役，用抽象的力量奴役，或用魔幻的力量奴役。你们要逃避，却无处可逃，只能接受难以预测的结果。这不仅仅是一个幻想，而是你们刚刚经历过的。你们看看这个世界，已经被你们依附的权威打碎了，你们甚至因为信仰这个权威而参与了暴行。面对这个破碎的世界，你们一定会失望，迷惑，悔不当初。这是咎由自取，所以你们应该失望，也应该迷惑。

弗拉第米尔：我们是失望的，但原因不在我们。我们是迷惑的，原因也不在我们。我们承受了失望与迷惑的所有结果，这的确是我们应该承受的，否则谁会替我们承受？古代有贵族，也有国王，老贵族死了，他的儿子继承了财产和身份，老国王死了，他的儿子继承了财产和身份。但无论谁继承，只要他们做了坏事，你们总能找到愤怒的源头。现代政治家学聪明了，他们发明了代议制。他们说这是一种高贵的制度，每个人都能参与最高权力。实际上，这是一种风险逃避机制，他们什么都做，可以这样做，可以那样做，四年后或八年后就走了，没有一丝留恋，也没有一丝悔恨。我们对他们有很多怨气，抱怨他们发动了战争，抱怨他们让那么多无辜的人死在战场上，抱怨他们用最高的荣誉逼迫我们向着对面的人开枪，对面的人也同样被逼迫着向我们开枪，最后不是我击中他，就是他击中我，而我和他从来都不认识，他不知道我喜欢安宁，我也不知道他是三个孩子的父亲。我们不喜欢这些聪明的政治家将自己的意愿变成国家意愿，更不喜欢他们逃脱责任。但几年后，他们离开了，不再为自己的行为负责，我们的愤怒要怎么办？我们只能忍着。我们明明知道是谁发起了战争，却只能忍着。我们明明知道这个世界是被谁打碎的，也只能忍着。

戈多：你们的确有愤怒的理由，却无法化解愤怒。自从无线电报出现后，自从电话出现后，古典革命彻底结束了，古代人表达愤怒的方式再也不会出现。他们对一个执政者不满，无论这个执政者是国王还是贵族，他做了伤天害理的事，却浑然不知。他身边的人告诉他不能这样做，他不以为然。但老百姓是清楚的，他们在暗中筹划，有一天推翻他。等时机成熟，他们在边陲之地谋反。国王或贵族对此浑然不知，即使附近的人发现了谋反的迹象，他们需要足够的时间通风报信。这个消息从边陲之地传到国王或贵族那里，已经是五天后，或十天后。谋反的人聚集了更大的力量，在一个地方、两个地方、三个地方，神出鬼没，然后浩浩荡荡地出现在国王或贵族面前。但无线电报出现后，一切都改变了。你们仍然有不满，仍然向往法国革命那样的动荡，但你们只能怀念，因为无论在这个世界的哪个角落，一个情况出现后，很快就到处传播。国王或贵族的力量来得非常及时，将那几个掀起动荡的人抓起来，将那些支持动荡的人看管起来。一切就结束了。

爱斯特拉贡：我们的确想过革命，这个愿望还没等露出来，就消失了。我们即使有革命的愿望，却已经没有革命的能力。这与无线电报有关，但还不全面。你了解现代人的生活，但不是完全了解，因为你没有完整地经历现代人的生活。我们与周围人的联系断了，周围的人都是陌生的。我看着一个人走来，他跟我说话，但很快会变成陌生人。等再次遇见的时候，我知道我们见过，我们说过话，但我们会保持陌生。实话实说，我们不喜欢陌生，但又能喜欢什么呢？你看看我们的生活，相比于古代人是富足的，不用担心没有吃的，不用担心没有住的，即使没有工作，那些流水一样的政治家会给我们补助，不会让我们饿死，但在这个时代，人与人之间的联系断了。现代世界人来人往，但都是陌生人，尽管有一两个熟人出现，例如我的朋友，我会装作没看见他，他也会装作没看见我。谁都知道见了面，无论说什么都没用。我可以说他是我的朋友，但朋友也是陌生人。

戈多：我已经注意到这个问题。去年，你们在这里的时候，我就在对面，在那里走来走去。你们一直在等我，我来了，你们不知道，我走了，你们也不知道。你们可能会说没有看到我，或者说根本不认识我，因为我是陌生人，而你们对于陌生人都是无视的，即使看到了，也没看到。这是一个陌生人的世界，熟悉的人不会出现，出现的都是陌生人，所以你们不会看到我，或者假装没有看到我。你们这样做是有道理的，因为你们失去了观察的能力，失去了想象的能力，也失去了获得的能力。我不知道你们身上究竟发生了什么事，让你们变成这个样子，但我知道这些事一定很重要，只是你们没有注意，就被彻底改变了。你们出生的时候，一定是让人感到快乐的孩子，你们一定也很快乐，快乐地看着这个世界，快乐地感受着一切。可是等你们长大，一切都变了。你们对于这些变化不再有任何疑问，因为你们不再观察，不再想象，不再获得。这个时代到底在你们身上做了什么？

弗拉第米尔：我们也不知道。我们生活在陌生人的世界里，却对陌生人没有一点兴趣，没有一点希望，因为陌生人永远是陌生的。

戈多：这的确是现代人的苦恼。你们明明厌恶陌生人，自己却要变成永远的陌生人。古代人的活动范围很小，一辈子生活在一个地方，身边都是熟人。陌生人让你们厌烦，但熟人让古代人厌烦。来自陌生人的是孤单，而来自熟人的可能是伤害。所以，古代人希望遇见陌生人，一遇见陌生人，就向他们打听一切，因为陌生人来自陌生的世界，而陌生意味着新奇。所以，我们会邀请来自远方的陌生人到家里喝酒，喝到酩酊大醉，喝到仰天而歌。酒醒后，我们送他走，就像送走一个永远不会再来的希望。这是一个反转，古代人喜欢陌生人，因为那时候很少人长途旅行。现代人喜欢熟人，因为你们身边都是陌生人，你们的邻居都成了陌生人。你们几乎每天相遇，却是陌生的。你们知道自己的迷惑，却不知道我们的迷惑，反而觉得你们的迷惑是最深刻的。

爱斯特拉贡：我们的确觉得现代人的迷惑比古代人要多，而且要深刻。

戈多：你们比古代人懂得多，但你们的智慧好像少了。你们的知识多了，却不再判断。你们说古代人纯粹，高贵，我听到后很高兴，但你们别轻视自己，你们也很纯粹，高贵。你们说自己面临的迷惑更多，这也是错的。你们之所以有很多迷惑，是因为你们都识字，然后将自己的迷惑写下来。我在这个时代看到很多书，都是对于熟人的渴望，对于陌生人的反感。你们反复地写自己的迷惑，很多人看到了，然后觉得这也是他们的迷惑。这个迷惑就变成了一张网，无边无际，将你们网在里面。而古代人几乎都不识字，所以不会写下自己的迷惑。我们都不知道自己的迷惑，你们更不知道我们的迷惑。所以，一些现代人向往古代生活，这就有些无知了。你们会写，却没有用好文字，反而将文字带到了让人厌烦的地步。前几天，在这棵树下，我耐着性子读完《等待戈多》，然后将它扔到远处。这是一本让人难以置信的书，它在窃取存在的感觉，它在颠覆存在的感觉。在这个世界上，这样的书只能有一本，第二本、第三本都是垃圾。以后，如果谁再写一本类似的，哪怕是贝克特写的，也会被人骂来骂去，说他是窝囊废，说他无事生非。我再也不想看到这样的书。

弗拉第米尔：可是《等待戈多》展示了我们的生活，丝毫不差。

戈多：我承认《等待戈多》无限接近你们的生活，也无限接近很多现代人的生活。《等待戈多》好像与这个时代没有距离，这个时代是如何展开的，《等待戈多》就如何展开。每个时代与文字之间都有断裂，自苏格拉底以来就困扰着我们，而《等待戈多》将这种困扰表现出来。有人为此欢呼，因为他们终于看到了两个真实的人，终于看到了真实的世界，没有任何掩饰，没有任何扭曲。现代人怎么活着，贝克特就怎么写。这是一种让人惊奇的真实感，现代人都这样活着吗？

爱斯特拉贡：贝克特觉得这是一个荒诞的时代，荒诞就是崇高，荒诞就是伟大，荒诞就是深刻。我们陷入了荒诞，或者变成了荒诞，像无头苍蝇一样，忘记了生死的界限，也忘记了梦幻与真实的界限。难道这就是崇高，这就是伟大，这就是深刻？

戈多：这部戏上演之后，几乎所有人都忽视了这个问题。他们本来不是这样的，却觉得自己应该是这样的。他们被《等待戈多》定义了，而且是心甘情愿地接受定义。《等待戈多》说他们是什么样的，他们就觉得自己是什么样的，不接受质疑，不接受反驳。谁质疑他们，他们就生气，谁反驳他们，他们就生气，甚至用暴力的方式表达愤怒。这是他们的正义，既是存在的正义，也是思想的正义。如果正义受到了质疑，如果正义受到了反驳，他们也就有理由用任何方式表达愤怒。他们仿佛一无所有，唯独热爱这样的正义，不允许这样的正义受到一点伤害。

弗拉第米尔：我们应该解释这个问题吗？

戈多：无论你们怎么解释，我还是厌恶这样的生活。这究竟是什么样的生活，而你们怎么会有这样的生活？所有的现代人都这样活着吗？无论古代人还是现代人，只要是人，都会遇到一个矛盾：他们拒绝被其他人定义，但总是被其他人定义，而且是在不知不觉中被其他人定义，然后在不知不觉中变成了这个样子。他们不喜欢这个样子，可是谁对这个样子提出质疑，他们就会反抗。

爱斯特拉贡：这个样子有时候也会让我们迷惑，让我们痛恨自己，痛恨贝克特，但我们怎么都摆脱不了。

戈多：这种迷惑是有魔力的，被它击中的人即使想反抗，也不知道怎么反抗，只能自己反抗自己，以前的自己反抗现在的自己，或现在的自己反抗以前的自己。一个人一旦陷入这种反抗，他会分裂。这种分裂是他自己招来的，所以只能自己承受。承受这种分裂的人都是沉默的，什么也不说，什么也不看，什么也不听。他仿佛进入了一个模糊的世界，他觉得这个世界是他的，又觉得不是他的。在这个世界里，他仿佛是局外人、多余的人，没地方坐，也没地方站。于是，他不停地走，越走越累，越走越迷惑。他决定离开这个世界，但仍然无法赶走这个世界带给他的迷惑。这是一种遥远的迷惑，他摸不着，却能感受得到。于是，他将这种迷惑说出来，写下来，他觉得是这个时代对自己不公。当你们都这样想的时候，你们的确觉得这个时代对你们不公平。但我要告诉你们，所有的时代都是一样的。

弗拉第米尔：我们想热爱这个时代，但我们觉得被这个时代抛弃了。我们想感受这个时代，但这个时代冷冰冰，像一块冷冰冰的石头。我们想在这个时代自由自在地旅行，但我们好像被冰封了，看不到什么，听不到什么，也感受不到什么。

戈多：你们不愁吃，不愁穿，不愁住，这是这个时代给你们的自由，免于恐惧的自由，免于匮乏的自由，免于饥饿的自由，也就是最高贵的自由。但你们不知道自己活在自由中，所以痛恨这个时代，甚至痛恨这个时代的人，包括你们自己。当你们因为痛恨这个时代而痛恨自己的时候，你们犯了双重的错误。尽管如此，我觉得这不是你们的错，因为你们没有要求来到这个时代，你们是被迫来到这个时代。但古代人就不是这样吗？他们不知道古代的生活有多么艰苦，却在古代降生，然后忍受着一切，而且是无限地忍受着。他们所经历的艰苦是你们想象不到的，因为他们什么都没留下。一个五岁的孩子在街上流浪，因为他的父母饿死了，而他可能活不过眼前的夜晚。这个孩子不会写下自己想了什么，别人更不知道他想了什么。还有一个七岁的孩子，他不知道自己的父母是谁，于是四处流浪，有一天加入了儿童十字军，去攻打埃及人，结果船在地中海翻了，他被捞上来，卖给埃及人当奴隶。这个孩子也没有写下自己想了什么，别人更不知道他想了什么。一个女人生了四个孩子，但每个孩子都长不大，有的在两岁死去，有的在三岁死去，有的在四岁死去。她不知道这究竟是为什么，只能向上帝寻求救赎，然后进了修道院，却在鼠疫肆虐的时代死去。这个女人也没有写下自己想了什么，别人更不知道她想了什么。在古代，文字是高贵者的游戏。高贵的人用文字表达崇高的理想，然后用这些理想将自己装扮成崇高的人。你们读了他的文字，也觉得他是高贵的人。他是高贵的人吗？我觉得不是。但很多现代人看了很多关于高贵的书，就将古代看作高贵的时代，而且有朝一日要回到古代。这是个幻想，因为没有人能回去，于是他们就攻击自己的时代。他们说出了自己想说的，却浪费了理智，浪费了情感，也浪费了语言。在这些没有逻辑的语言里，他们展现的是无聊。贝克特有时候也会这样无聊。

爱斯特拉贡：贝克特是这样写我们的，我们就得这样活着。我们在这里等待戈多，无论戈多来还是不来，我们都要在这里等待。贝克特没有想到戈多会来，所以几乎没有人知道如何回答你的问题。这是我们的迷惑，也是贝克特的迷惑。如果贝克特在这里，你可以这样问他，他一定不知道如何回答。

戈多：贝克特一定知道荷马的力量、维吉尔的力量、普鲁塔克的力量、苏格拉底的力量，也一定知道莎士比亚的力量、蒙田的力量、卢梭的力量，他甚至希望成为这样的人，用优美表达深奥，用庄严表达深奥，用静穆表达深奥。他可能是这样想的，却没有这样做。他走了相反的路，用浅薄表达深奥，用干瘪表达深奥，用形式表达深奥，像一个反叛的少年，从头到尾说些无聊的话，让自己看起来很深奥。这是每个人都会写字的时代，但每个人都会写字，不是浪费语言的理由。

弗拉第米尔：你可以这样批评贝克特，但你不能这样批评我们。我们只是他的影子，又能怎么办？我们说出了现代人的想法，虽然我们不能代表现代人，但很多现代人是这么想的。

戈多：你们错了。刚才，一个骑自行车的人过去了，他的女儿坐在后座，你看他多么快乐，多么满足。他看起来穷困潦倒，而且的确穷困潦倒，瘦得颧骨凸起来，脸上像长了两座山，却那么快乐，那么满足。如果我说他代表了现代人，你们能反驳吗？至少你们不能说你们代表了现代人。我来这里的时候，在这条路的尽头遇到一个满脸笑容的流浪汉，坐在路边晒太阳。他说他是这场世界战争的退役兵，无数次穿越死亡，但失去了一条腿。他说古代有很多战争，但没有一场能与这场战争相比，因为这场战争简直是无法预测的生死场。一个炮弹飞来了，一堆人瞬间死去。一个洞穴被火焰枪喷射后，立刻变成地狱，那种浓郁的肉香气，那种把人呛得咳嗽的焦煳味，他一辈子都忘不了。他是机枪手，对着一群人扣下扳机，直到枪管烧红。古代人不知道现代人有多么疯狂，永远不会知道。他的衣服上有两枚奖章，是去过地狱的人才能获得的奖章，是杀了很多人才能获得的奖章，所以是至高的荣誉。两枚奖章在他的胸前闪着光芒，但他不知道这些光芒有什么用？有时候，他觉得这是疯狂的标记，但他又是为了什么而疯狂？为了几个人的目的而疯狂，是他们打碎了这个世界，是他们让无数人失去了生命，然后颁发了这些奖章。他说以后他要自由自在地活着，要为自己活着，不再为那些蛊惑家活着。只有这样，他才觉得这个世界是他的。他可以去这个地方，也可以去那个地方，无忧无虑，无牵无挂。无论如何，他要做一个快乐的人。他喜欢这个世界，一个无与伦比的世界，一个有各种可能的世界。在那个时刻，我看到了他脸上的笑容，我觉得他没有说谎。他的理想源于最残酷的经历，那么真诚，那么坚定，那么深奥，那么宽阔。古代也有这样的人，但我觉得他们未必像这个人一样乐观。我问他会不会将自己的乐观写下来。他说不会。我劝他一定要写下来，不然贝克特之类的人会定义这个时代，他们的定义是浅薄的，让人无聊，让人迷惑，让人荒诞。他说即使如此，他也不愿意，他就想一个人活着，因为他喜欢孤独，也喜欢安静。当他低下头的时候，我看到他满头的白发，在阳光里熠熠生辉。我知道这些白发是苦难的象征，是顿悟的象征，只有下过地狱的人才有这样的白发。在白发的光辉里，我发现越是生活在困苦中的人越是乐观，他们用自己的努力得到一个面包，会很高兴。他们有地方住，会更高兴。而你们这些夸夸其谈的浪荡子，反而不高兴，而且非要将自己的不高兴写下来，仿佛这个世界的人都像你们一样。你们觉得不高兴才是正当的，才是这个时代的精神，或者按照一些人的说法，才是这个时代的意识形态。既然是意识形态，就不能违背。谁要违背，谁就是这个时代的叛徒。这种不高兴还从形象领域进入了抽象领域，变成一个无处不在的暴君，压迫那些高兴的人。你们为什么不能高兴起来？为什么不能为了吃下去的面包高兴起来？为什么不能为了身后的那棵树，或者树上的几片叶子高兴起来？为什么不能为了你们面前这些匆匆而过的人高兴起来？当然，你们也可以不高兴，像守墓人一样耷拉着脸，但你们不能阻止别人高兴，更不能将那些高兴的人赶到坟墓里。

爱斯特拉贡：我们没有你想象得那么专断、暴躁。除了嘴贫之外，我们的内心是温暖的。我们只是无法表达我们的温暖，无法用语言表达，无法用眼睛表达，更无法用行为表达，因为我们失去了表达的愿望，也失去了表达的能力。

戈多：你们一定遇到很多在困苦中仍然高兴的人，但你们不关心这样的人，或者说你们什么都不关心，就像去年我在对面看着你们，而你们看不到我一样。你们只关心自己，而你们没有自己，或者说你们的自己是摇晃的，像影子一样，有时候出现，有时候消失，有时候变形，有时候反转。于是，你们迷路了。迷路后，你们仍然没有自己，于是再次迷路，从一个谜进入另一个谜，走不进去，也走不出来。你们想方设法打碎这些谜，却徒劳无功。这是我对贝克特说的，不是对你们说的，实际上是他迷路了，然后创造了两个迷路的影子。这对你们不公平，你们为此痛苦，为此无聊。你们的无聊与痛苦是贝克特的灵感，然后他又不断地加重你们的无聊与痛苦。

弗拉第米尔：我们承认我们是无聊的、痛苦的，但我们不想无聊，也不想痛苦，又能怎么办？

戈多：无论如何，你们都不要以为古代是美好的。古代并不美好，而且一定不是你们的时代。你们在这个时代出生，在这个时代死亡，所以要热爱这个时代，否则你们又能热爱哪个时代？贝克特一定知道一场有名的古代战争，是文人的战争，有人说是书籍的战争。一群整天只知道读书的人，忘记了自己的时代，却在书中看到了一个美好的古代，然后希望回到古代。如果有可能，他们还会将自己的时代变成古代，因为他们对自己的时代不满意。他们真是无知，真是一群书呆子。但培根不这样想，他用一个逻辑打碎了这些人的幻觉。这个逻辑像一个启示，瞬间将人解放。他们以为古人是最古老的人，现代人是新出现的人。培根说这是不对的，因为古代人最先出现，所以是这个世界的年轻人，天真幼稚，现代人是后来出现的，源于一代代的传承，所以是古老的人，有见识，也有智慧。他们又想到了一个反驳：这个世界上有两棵树，一棵树是古代种下的，长到现代，粗壮高大；另一棵树是现代人种的，在古代的大树前，瘦弱渺小。这个说法也不对，于是有人扭转了这个逻辑：这个世界上只有一棵树，从古代长到现代，古代的时候瘦弱渺小，现代的时候粗壮高大。所以，你们现代人不能妄自菲薄，忘记了自己的智慧，也忘记了长久的阅历，活得像不见天日的蛆虫，将深奥当作浅薄，或将浅薄当作深奥。你们要睁开眼睛，看看这个时代，不能相信那些无聊文人的说教。他们只会在屋子里想象，对了不知道对了，错了也不知道错了，却像掌握了真理，既傲慢，又无知。

爱斯特拉贡：你不能这样批评我们，这对我们不公平。我们不是书呆子，也不相信书呆子。如果你这样批评贝克特，我们是认同的，因为我们反感他将我们写成这个样子。但我们又是理解他的，因为他的理智和情感已经被这场战争打碎了，几乎没有恢复的可能。他活在破碎里，在破碎里吃饭，在破碎里睡觉，在破碎里写作，好像破碎是他的母亲。我们也活在破碎里，而且热爱破碎，因为我们没有其他可以爱的东西，也没有其他让我们感到有意义的东西。

戈多：你们无聊地想，无聊地说，无聊地定义，但对于这场战争的受害者是不公平的。他们还没有来得及感受这个世界，就被你们定义了。你们垄断了这个时代的理智和情感，然后用你们的方式表达。如果你们表达得好，那些被你们定义的人还是愿意接受的。如果你们没有好好地表达，那些被打碎的人怎么办？如果他们不接受你们的定义，你们还会继续打碎，让一切无法复原。如果他们接受你们的定义，你们会说打碎这一切是合理的，你们还会说是你们让这个世界充满了光明，因为破碎意味着光明。可是，你们打碎这个世界之后，却陷入了迷茫，觉得这个破碎的世界不是你们想要的。你们就像专横跋扈的熊孩子，要破坏一切，然后破坏了一切，却在废墟上发呆，无聊。有人觉得你们是深刻的，有人觉得你们是这个时代的精神象征。这不是什么精神象征，这是废弃，这是无聊，这是荒诞。

弗拉第米尔：你是说我们打碎了这个世界？

戈多：抱歉，我没有说你们，我说的是你们背后的那些人，或者说让你们破碎的人。这些人让贝克特难过，愤怒，荒诞，失去了自我，于是贝克特写了你们，让你们表达他的难过、愤怒、荒诞。这不是最好的方法。贝克特应该去寻找那些挑起战争的人、扩大战争的人、有能力阻止战争而没有阻止的人。他为什么要轻贱自己，轻贱你们，然后用你们定义这个时代？

爱斯特拉贡： 写《等待戈多》的时候，贝克特有一天写不下去了。他写的是荒诞，却被荒诞征服了。于是，他在屋里走来走去，自言自语，好像在自我安慰。他说任何一个人，如果了解现代历史，就会发现一个道理。每次剧变之后，总有人沉浸在这个时代，走不出来。他们痛恨这个时代，又感谢这个时代，因为这个时代让他们思考，让他们发现了自己。这个自己像虚实不定的影子，有时候站在他们身边，有时候站在他们的对面。于是，他们好像有了两个自己，第一个自己是这个时代生下来的，一个真实的自己；第二个自己是幻想，对于过去的幻想，对于未来的幻想。幻想的自己受到这个时代的伤害，却没有能力改变这个时代，于是去伤害真实的自己。真实的自己受到了伤害，不得不忍受伤害。在日复一日的忍受中，它看到了两条路，第一条路是勇敢地反抗，打碎伤害它的一切，但美好的时代并没有出现，相反那些被它打碎的一切又复原了；第二条路是回到古代，它总觉得古代是温暖的、深奥的，但它不了解真实的古代，就像不理解自己的时代一样。两条路都走不通，所以贝克特觉得自己被荒诞征服了。

戈多： 古代是一个生存的时代，一切为了生存。古代人也有感觉，但他们的感觉经常被生存压倒。现代是一个感觉的时代，各种各样的感觉纠缠在一起。生存不再是你们日夜考虑的问题，只要自己不想死，怎么都能活着。古代人渴望各种各样的感觉，现代人反而厌恶各种各样的感觉。现代人的生活比古代人好多了，尤其是普通人的生活，比古代人吃得好，住得好，比古代人识字多，比古代人有更多的自由。现代人活得好了，却陷入了虚无，又在虚无中迷惑。你们可能觉得古代好，到处都是理想国。如果有人劝你们回到古代，我不会带你们回去。相反，我回到古代后，一定会劝那些对古代不满意的人去现代，他们会对这个时代的一切感到惊奇。我看到路上跑的汽车，极为震惊，只要用脚踩一踩，一个笨重的铁盒子就会跑起来，只要用手转动方向盘，它就能转弯。一个人坐在铁盒子里，却跑得那么快，即使是一个畏畏缩缩的懦夫，也能飞奔而去，尽管他害怕一切，从来没有为正义说过一句话，但谁也不知道他是个懦夫。在古代，这样的人不会得到任何尊重。而在现代，他却活得这样痛快。

弗拉第米尔：你说得没错，汽车改变了这个时代。这个时代的一切都与汽车有关，我们坐的石头与汽车有关，这是汽车运过来的。我们身后的树与汽车有关，因为也是汽车运过来的。我没有汽车，也不会开汽车，但我仍然与汽车有关，因为我要吃汽车运送的食物。你刚才提到一个问题，身体力量与机械力量的关系。古代人靠身体力量活着，所以知道自己的力量，凡事都以自己的力量为前提。现代人不知道自己的力量，沉迷于机械力量，却在机械力量中迷失。一个人很弱小，但在机械力量的诱惑下，他能突破身体力量的限制，去做违背法律、违背道德的事。

戈多：这是一个严肃的问题，在你们的时代，恶变得普遍了，任何人好像都能作恶。在古代，一个身体强大的人能做好事，也能做坏事。相比而言，一个身体弱小的人，做好事的机会一样多，但做坏事的机会要少。而在现代，人的力量扭曲了，人的行为扭曲了，而且还能隐藏，作恶的成本大大降低，身体弱小的人与身体强壮的人有同样多做好事的机会，也有同样多做坏事的机会，甚至有更多的机会。

爱斯特拉贡：我们也为此迷惑。这是一个不可捉摸的时代，善与恶混在一起，善会变成恶，恶会伪装成善。这足以让人迷惑，迷惑到了极限，就会荒诞。

戈多：贝克特发现这个时代被恶控制了。他没有办法，只能后退，不断地后退，直到不能再后退，结果失去了语言能力。他本来有强大的语言能力，但在《等待戈多》里，他失去了这种能力，像个无知的门外汉，啰里啰唆，喋喋不休，但没有几句话是完整的。我承认贝克特有失望的理由，因为他看见恶无处不在，而且以正义的样子出现，道貌岸然地站着，义正词严地说话，温文尔雅地欺骗。他没有说自己要回到古代，也没有说如何对付这些恶，他不知道怎么办，于是回归自己，只是这个自己失去了语言能力。

爱斯特拉贡：我也觉得贝克特失去了语言能力，他几乎不让我们说一句完整的话。那些在舞台上扮演我们的人也是，仿佛着了魔，说不出一句完整的话，他们觉得破碎就是优美，破碎就是崇高，破碎就是深奥。

弗拉第米尔：对于这个问题，我是怨恨贝克特的，但我承认他是个善良人。我不明白的是，为什么善良人更容易被恶伤害？为什么恶会回避恶，躲避恶，反而去伤害善良人？你们看看贝克特满脸的皱纹，那是恶在他的脸上留下的。你们看看贝克特满头的白发，那是恶在他头上留下的。唯有他的眼睛是透彻的、明亮的，因为每当恶袭来的时候，他会闭上眼睛。

说话的时候，戈多背着一个很大的包，里面有个桶。这时候，他将包放到地上，告诉他们桶里装满了葡萄酒，而且是最浓烈的葡萄酒。

戈多：古代人敬畏酒神，经常在夜里喝醉，希望自己变成酒神，至少变成酒神的信徒。我也想变成酒神。每当我喝醉了，我就觉得我是酒神。荷马的《奥德赛》中有一句话，我经常在醉酒后大声喊出来："酒取走醉酒者的智慧，使圣贤嬉戏，使不苟言笑的人微笑。"而现在，我还没喝醉就大喊出来，是因为我遇到了你们这些现代人。你们没有喝醉，却像喝醉了，你们眼中的迷惑让我更加迷惑，你们话里的无聊让我更加无聊。我看着你们，就像看着喝醉了的我，但你们不会像我那样大喊，也不会像我那样见了狗学狗叫，见了鸡学鸡叫。

爱斯特拉贡：你的酒是从古代背来的？

戈多：来这里的路上，我看到一个城堡，有些破旧。我之所以注意这个城堡，是因为它在一片葡萄园中。我知道这意味着什么，于是走进去，里面有些昏暗，尤其是从太阳底下走进去的时候，仿佛进入了黑暗。等我恢复了视力，我看到眼前有个人，他坐在那里，什么也没说，一直看着我，等着我恢复视力。我一看到他，就觉得他是个好人。古代人愿意这样判断，只要觉得一个人是好人，他就是好人。他即使是坏人，当他知道对面的人觉得自己是好人，他会变成好人。这是古代人的规则，人同此心，心同此理。我看清了那个人，他像古代人，胡子很长，头发很长，眼神也很长，长得能看到我从哪里来，长得能看到我到哪里去。他的衣服很旧，他的手掌也很旧，有一层厚厚的茧。他坐在那里，握着我的手，就像握着一个古物。而我握着一个现代人的手，也像握着一个古物。这是一种时间的感觉，很奇特，我想你们一定没经历过。经历这种感觉的人从来不慌乱，遇到什么都不慌乱，即使死亡来了也不慌乱。我说我想喝点酒。他问我要温和的，还是浓烈的？我说浓烈的，最好有一点邪恶的感觉。他站起来，带我走到旁边的房间，前面是温和的酒，后面是浓烈的酒，最里面是浓烈到有点邪恶的酒。他走到最里面，搬出两个桶，其中一个是我陪他喝的，另一个是我带走的。我要给他一个金币。他不需要金币，他说到了这个年龄，除了温暖，什么都不需要。而他在我的眼睛里看到了温暖，一种远古的温暖，这就够了。我与他一起喝酒，喝到酩酊大醉。我学了几声狗叫，然后大声喊出荷马的诗："酒取走醉酒者的智慧，让圣贤嬉戏，让不苟言笑的人微笑。"他被这句话点燃了，举起杯咕咚咕咚地喝，然后高声说道："少哭多喝才是上上策，干杯！干杯！抛开所有的悲伤。"他说这是拉伯雷的话，是拉伯雷在《巨人传》里说的，高康大的儿子出生了，但他的妻子死了，高康大悲喜交集，举起酒杯，说了这句话。

弗拉第米尔：在现代，这一切好像都消失了，我甚至不再判断周围的人是好人还是坏人，因为没有必要。在这个消失了区别的时代，好人做什么，坏人也做什么。

爱斯特拉贡：如果有必要，我宁愿说周围的人哪个是主子，哪个是奴隶，这个区分更有意义。你不要为这个说法感到惊奇，奴隶制度从来没有消失，我觉得是隐藏起来了，在一些黑色的地方出现，在一些黑色的时刻出现。这些黑色的地方、黑色的时刻并不遥远，可能就在这条路上，藏在那个人的眼睛里，藏在对面的房子里，或是从那个人的嘴里说出来。但他一定说得很隐秘，他说他是为眼前的人服务，他说他是为眼前的人操劳。但你看看他转过身干了什么，就知道我说得对不对。他是个道德的玩家、语言的玩家、情感的玩家。

弗拉第米尔离开了，很快又回来。他去附近的饭店借了三个酒杯。他从来没有借过东西，因为他害怕陌生人。但在葡萄酒的激励下，他走进那个饭店，找到老板，说要跟人喝酒，在路边的那块石头旁边。他从来没有借过东西，所以不知道老板会不会给他。

老板说从来没有人来这里借东西，更没有人借酒杯，然后在路边喝酒。他愿意满足这个愿望，而且感到很高兴，于是给他三个酒杯，最后告诉他，打碎了哪个都没关系，打碎了三个也没关系，只要请他喝一杯就行。

戈多从弗拉第米尔手里接过酒杯，杯里已经倒满了淡黄色的酒，气泡在酒里翻滚，然后向上飞腾，到处是浓郁的酒香，还有酒神的影子。

弗拉第米尔和爱斯特拉贡好像从没喝过酒，看起来有些惊慌，又很好奇。他们睁大眼睛，一口一杯。之前，他们脸上苍白，像涂了一层厚厚的面粉，没有一点生气。他们的眼睛也黯淡无光，就像被死亡盖起来，没有一点生气。酒过半旬，他们的脸上有了色彩，变得绯红，他们的眼睛动起来，像在说话。

戈多：我感到有些惊奇。你们喝到葡萄酒之后，就变了。你们的眼睛闪着光，尽管有些微弱，但也是光。你们的话里有了生命气息，你们在思考，在想象，你们有失望，也有希望。我确定你们变了，但我不确定的是，你们是自己变了，还是酒让你们变了？

爱斯特拉贡：我不知道，但我知道我喝醉了，才觉得自己是清晰的，我喝醉了，才觉得自己像个人。我眼神迷离，却看到了我的身体。我喜欢我的手，喜欢我的腿，也喜欢我的头发。我站在阳光下，看着我的影子，我喜欢我的影子。这个影子经常出现，在夏天的时候出现，在冬天的时候出现，但这是我第一次认真地看我的影子。只要我在阳光里走，它就会跟着我。

弗拉第米尔：我们为什么现在才认真地看自己的影子，我们以前干什么了，想什么了？我们的影子从来都跟着我们，从来不为难我们，我们却对它视而不见。

戈多：你们的问题也让我不解。古代的太阳和现代的太阳是一样的，苏格拉底的太阳和贝克特的太阳是一样的，照在地上的影子也是一样的，为什么古代人能看到自己的影子，你们却看不到自己的影子？如果你们说这个影子是你们的自己，那么我是高兴的。以前，你们之所以无聊、荒诞，是因为你们失去了自己。你们看不到自己的影子，也就看不到自己。

酒过七旬，弗拉第米尔和爱斯特拉贡已经完全放开，没有拘束。他们要做真正的自己，哪怕酒醒后仍然会失去自己，但至少在酒醉的时刻，要做真正的自己。他们丢掉外界的声音、外界的眼光，因为外界的一切好像给了他们身份，又好像剥夺了他们的身份。他们要为自己活着，而不是为了那些转瞬即逝的声音和眼光。

戈多给他们倒满了酒，他们端起杯，一饮而尽。这杯酒仿佛给了他们更多的勇气，他们觉得自己不再是贝克特创造的人物，不再是被剧场里的观众指指点点的人物，他们是自己的人物，他们就是他们自己。即使在充满质疑的注视中，他们也不会局促不安。他们看着戈多，眼睛里不再有无聊、空虚与落寞。

弗拉第米尔：我们是无用的人，没有人在乎我们。我们在这里等待戈多，路上的人匆匆忙忙，没有人在意我们。我们活着，没有人在意我们活着。我们死了，躺在这块石头旁边死了，或吊在后面的树上死了，也没有人在意我们死了。我们在这里絮絮叨叨，走来走去，等不到要等的，又不想离开，所以是无用的人。

爱斯特拉贡：我们的确是无用的人，就像不存在一样，但我们没作过一点恶，甚至没有想过一点恶。你说无用的人算不算好人？

戈多：我没有考虑这个问题，但我知道那些有用的人并不都是好人，有些人作了很多恶。当然，他们不是因为恶而有用，而是因为善而有用。但他们的善能不能补偿他们的恶，我不知道。古代人想过这个问题，苏格拉底、柏拉图、亚里士多德，但总是想不明白。

戈多又给他们倒满了酒。他们举起杯，一饮而尽。

戈多：今天，我们应该想一想这个问题，借着酒的力量好好想一想。

爱斯特拉贡：这个世界有两个部分，一个是明亮的部分，一个是黑暗的部分。谁都喜欢明亮的部分，如果没有这个部分，这个世界会坍塌。但谁都无法拒绝黑暗的部分，因为这个部分总是存在，即使明亮的部分减少，甚至消失，黑暗的部分也存在。无论以什么方式存在，黑暗的部分都是隐秘的，不可见的。

弗拉第米尔：明亮的部分是可见的，像天上的太阳，被古代人颂扬，也被现代人怀念。

戈多：你们的怀念太简单了，甚至有点浅薄，因为你们只会用文字怀念，装模作样，无病呻吟。可是，当你们离开文字的世界，走入身边的现实世界，你们会改头换面，拥抱黑暗，甚至以为那是光明。谁都不知道你们是怎么做到的，但你们做到了，而且十分自然，所以我极为迷惑。你们在文字里有伟大的理想，什么都想，而且想得很好。你们是沉默的阴谋家，什么都做，不计代价地做，不计后果地做，为了隐秘的目的可以放弃一切。在这个世界上，黑暗的部分不会消失，但光明的部分会消失。那时候，这个世界可就真要破碎了，战争无处不在，恶在引吭高歌。

弗拉第米尔给戈多倒满了酒，气泡翻滚，向上飞腾，酒神好像坐在那棵树上，看着这一切。戈多举起杯，一饮而尽。

爱斯特拉贡：你这样批评现代人，有些不公平，难道古代人就不这样吗？这个世界从来都有一个道理，文字的归文字，现实的归现实。如果用文字描写现实，那是荒唐的；如果用现实统治文字，那也是荒唐的。在这个问题上，贝克特是聪明的，他想找到文字和现实的对称关系，于是写了《等待戈多》。你觉得这部戏读不下去，读一遍就想扔掉，我们也觉得无聊。我们等待戈多，但等待的是不会到来的戈多，谁都不知道戈多来了，会发生什么，谁都不知道我们见到戈多后，会发生什么？所有人都觉得你是一个虚幻的影子，我们会因为这种虚幻而失去生命力，失去感受这个世界的愿望，但我们应该认可贝克特的愿望，他想找到文字和现实的对称关系。

戈多：我承认古代人也是这样的。这个道理在古代就存在，而且文字与现实的分裂更大。古代世界有明亮的部分，也有黑暗的部分，所以我不会根据柏拉图的《理想国》去展示古代世界，然后对你们说古代世界是一个理想国。柏拉图写成《理想国》之后，很少的古代人能看到这本书，他们即使知道了也不关心，因为古代人依赖的是声音，而不是文字。文字对于他们，像一个遥远的神话，看不到，也摸不到，即使摸到了，也不知道怎么用。如果要从古代人里寻找贝克特的先驱，我觉得应该是马基雅维利，他知道文字与现实的分裂，然后努力打破这个分裂，并用文字写下古代世界的黑暗。

弗拉第米尔：所以，我们应该向贝克特致敬，尽管我不喜欢他，尽管我怨恨他创造了我，但他勇敢地进入了这个世界的黑暗，然后用自我伤害的方式展示那些不可见的东西。

戈多给他们倒满了酒，他们举起杯，一饮而尽，然后向戈多提出一个问题。

爱斯特拉贡：贝克特用破碎的语言表达破碎的世界，这样对不对？

戈多也喝多了，有些迷惑。他低下头，一句话也不说，认真地思考。

爱斯特拉贡：现代人可以用庄严的语言表达破碎，也可以用破碎的语言表达破碎，可以用深奥的语言表达破碎，也可以用浅薄的语言表达破碎。我们这个时代的语言好像有了生命，有时候深奥，有时候浅薄，有时候复杂，有时候无知，有时候变化莫测。有人用承诺说着谎言，有人用谎言实践正义，有人用复杂表达浅薄，有人用无知表达深刻。他们已经突破了语言的可能。

戈多：语言有语言的规则，现实有现实的规则。用语言表达现实，这是勇敢的行为，但不能被现实的规则颠覆，否则语言即使想表达现实，也无法表达现实，反而让自己破碎。现实也是如此，现实可以用语言表达，但不能受制于语言的规则，否则就不是现实了。就像我们刚才说的，现实的归现实，语言的归语言。

两个人对戈多的回答并不满意。这是他们对这个古代人的第一次不满意，也是唯一的不满意。

戈多：你们还做梦吗？

弗拉第米尔：以前做，现在不做了。去年，来这里之前的那个晚上，我做了一个梦。我梦见没等到戈多，结果真的没等到戈多。回去后，我又做了一个梦，梦见一个印象派的世界，那里的一切都是清晰的，我想走近看一看，但到了近处，一切变得模糊，什么都不像，看着不像，摸着也不像。后来，这个印象派的梦消失了，一个野兽派的梦出现了。我看见的一切都变了形，所有人变成了黑色线条，所有景物变成了一片色彩。这些色彩很纯洁，蓝色的就是蓝色的，红色的就是红色的，没有混杂，没有重叠，两种颜色之间也没有延缓性的过渡，黑色直接与白色相邻，黄色直接与绿色相邻。在这个野兽派的梦里，我首先看到一头奔跑的狮子，向我扑过来；又看到我的房子倒了，或者没有倒，但屋顶破了，雨水漏下来。这是以前，但《等待戈多》上演之后，我一个梦也没做，即使还会出现像梦一样的景象，却十分模糊，模糊得不像梦，突然出现，很快消失。我走近这个模糊的梦，什么也看不见，什么也听不到，到处是空白，到处是寂静。

爱斯特拉贡：我也是这样。

戈多：古代人与你们不一样，他们的梦是缓慢的，缓慢得像天上的太阳，一点点升起，一点点降落。他们也会做急躁的梦，但梦里的一切就像古希腊的石头雕塑，看起来很庄严。

弗拉第米尔：我想去古代看一看。

爱斯特拉贡：我也想。

戈多：喝醉的感觉就是古代人的感觉，就是回到古代的感觉。酒醉的人能看到这个世界最初的样子，看到的所有人都是古代人，在这个破碎的时代也能发现崇高的美。无论哪个现代人，只要他喝醉了，就能看到古代人，有时候他也会觉得自己是古代人。一个喝醉的古代人与一个喝醉的现代人，他们看到的世界是一样的，一样的真诚，一样的纯粹，一样的绚丽多彩。这个世界就是这样的，古代是这样的，现代也是这样的，变了的只有人。而酒能让我们看到我们的身体，还有周围的一切。这一切本来被无聊、破碎、空虚覆盖着，变了形，褪了色，但酒能让这一切恢复原来的样子。我们喝醉了，感到眼睛越来越模糊，我们摸到了一些东西，觉得像，又觉得不像，这就是这一切的真实样子。我们要珍惜这种感觉，因为这不仅仅是我们的感觉，这是存在本身。我们看到了自己的身体，觉得有些突然，有些不可思议，但我们的身体就是这个样子，这个世界也是这个样子。

弗拉第米尔：我喝醉了，才明白你的意思。我好像看到了古代世界，我的手好像摸到了古代世界，一切都是柔软的，又是稀薄的，一切都是清晰的，又是温暖的。清醒的时候，我是无聊的；喝醉的时候，我却变得如此深情，如此坚定，充满了幻想，也充满了希望。但我会醒来，即使醉得再深沉，也会醒来。等到我的醉意消失，我还会觉得无聊，而且可能更加无聊。我看到了一个我希望看到的世界，但仅仅是看到，我没有得到什么，所以醒来后，我会有失落与无聊的双重感觉。

戈多：即使如此，你们也没有必要回到古代，因为你们才是真正的古代人。在这个破碎的时代，你们既是纯粹的现代人，也可以是有现代精神的古代人。古代人不了解现代，但现代人既了解现代，也了解古代。你们可以对贝克特不满意，但不能对你们的时代不满意。

爱斯特拉贡：我不理解你的意思。我生活在现代，这个时代的一切没有古代的影子。我只能全心全意地生活在这里，没有其他地方可以去，甚至没有什么地方可以想一想。我们是这个时代的钉子，开始的时候钉在哪里，最后也钉在哪里，失去了情感，失去了理智，也失去了想象力。以前的人还可以想象，随便想，想什么都行，怎么想都行，但这个时代的人失去了想象的能力，也失去了想象的愿望。这不是因为现实的压迫感太强，而是因为有人打碎了正义，然后将不正义变成了正义，或者将正义变成了不正义，所以我们无论想什么，无论怎么想，都是徒劳的。对于现代人，这是不公平的，但我们只能忍受。无论这个时代的精神多么沉闷，多么孤独，多么压抑，我们只能忍受。

弗拉第米尔：为什么这个时代的精神不是温暖的、清晰的、飞扬的？为什么我们必须承受这样的命运？是贝克特理解错了，还是我们理解错了？是不是说我们还会想象，只是我们陷入了极端的想象，或陷入了打碎想象的想象，我们在这种想象里不能转身，不能离开，所以只能承受无法想象的命运？这种命运的结局是什么？

戈多：这种命运的结局是死亡，不是身体的死亡，而是精神的死亡。被这种命运主导的人还活着，却像死了一样，不再有感觉，也就不能想象。他们还会说话，但说出的话没有意义，他们还会走，却不知道走到了哪里，或者说他们不再关心走到了哪里，因为无论走到哪里，他们觉得没有什么不同，一样的树，一样的草，一样的路，一样的人。在一个到处都一样的世界，他们会失去好奇心，也会失去想象力。他们发现其他的人与他们一样，眼睛一样，头发一样，脸也一样，女人不再是女人，男人不再是男人。他们还有生命，非常珍贵的生命，但他们感觉不到自己的生命，所以不再珍惜。他们会无视你们，你们也会无视他们。你们的眼睛只能看到你们的幻象，他们的眼睛只能看到他们的幻象。

他们已经醉了，仿佛还醒着，他们听着戈多的话，像胡说八道，又不能拒绝，因为戈多说的是他们，说的是这个时代的人。

爱斯特拉贡：你是古代人，怎么知道我们是这样活着？

戈多：我看到《等待戈多》，就知道你们是什么样的。我看到舞台上的人，就知道你们是什么样的。在《等待戈多》里，我一直没出现，所有观众知道我是主角，但我一直没出现。我有很多话要说，却没有说的机会。我觉得我应该出现，于是我出现了，背着一桶酒，站在你们面前。我知道酒的力量，你们清醒的时候看不清自己，但你们喝醉的时候能看清自己。

弗拉第米尔：有时候，我会照照镜子，看着镜子里的自己，觉得那么陌生，那么奇怪，看起来不是人，甚至不是动物。动物还能逃离这个时代的破碎，而我们不能。动物在这个时代活着，好像没有受到战争的影响。我看到很多狗的眼睛，依旧那么温暖。这是一种有力量的温暖，所以很多人喜欢狗，为的是从狗的眼睛里得到温暖，为的是从狗的身体上得到温暖。为了感受温暖，他们愿意抱着狗睡觉。所以，这种温暖是最珍贵的东西，从古代传到现代。然而，从古代传到现代的人却失去了温暖，他们的心里即使还有温暖，却不能表达。

爱斯特拉贡：这是一个奇怪的问题，我觉得温暖已经变得僵硬，就像失去了生命。这不是因为现代人不需要温暖，而是因为现代人驱逐了温暖。需要温暖的人驱逐了温暖，这是让人迷惑的问题。我也觉得迷惑，当我照镜子的时候，会更加迷惑。我摸着自己的脸，苍白，冰冷。如果我能感受到一点温暖，那该多好，但我的脸仍旧苍白，冰冷。

戈多：我觉得温暖没有死去，它逃跑了，跑到了不该去的地方。

弗拉第米尔：你知道这是为什么吗？

戈多：这是因为现代人失去了根源。你们失去了时间意义的根源，觉得自己与古代人没有任何关系，觉得自己是从土里长出来的。孕育你们的土从古代传到现代，但你们不知道这个问题，所以觉得自己是全新的。你们也失去了空间意义的根源，不知道自己在哪里出生，更不知道自己的家在哪里。你们在一个地方活着，就像在所有的地方活着。你们换了一个地方活着，不会感到任何不同。因为无论在哪个地方，你们感受到的是同样的无聊、同样的无用、同样的失落。你们活着，呼吸、观看、走路，却像死了一样。你们的名字失去了意义，你们的身体失去了意义，你们的财富失去了意义，你们的权力也失去了意义。至于什么自由、平等、博爱，那是乌托邦里的说辞，不会在这个时代降落，至少你们觉得不会在这个时代降落。

爱斯特拉贡：失去根源的人像死了一样，只是没有举行葬礼。

弗拉第米尔：这样的人只能接受命运，接受死亡之后很久才举行葬礼，或永远不举行葬礼的命运。

戈多：这不是真正的死亡，因为你们可以在一瞬间复活，但需要一个条件，你们要认识到自己的根源，就像顿悟一样，突然认识到自己是谁，从哪里来，要到哪里去。这个自己不是外在的，而是内在的，就在你们的心里，而且无时无刻不在。你们觉得失去了高兴的能力，也失去了难过的能力；你们受到恶人的羞辱，却没有能力表达出来，或者说即使表达出来，也没人理会，因为听你们说话的人像僵尸，麻木地看着你们；你们想获得温暖，却获得了冰冷。每当遇到这样的时刻，你们不要去看别人的眼睛，因为他们的眼睛是冰冷的。你们不要去听他们的判断，因为他们的判断是虚幻的。总之，你们无法从他们的眼睛和判断里得到一点点温暖。在这样的时刻，你们会觉得无聊、空虚，明明自己还活着，却像死了。在这样的时刻，你们要告诉自己没有死，你们还活着。不信你们去看看自己的手，它还能动，每个动作符合你们的愿望。你们摸摸自己的头发，有一种油腻的感觉，在太阳下闪着光。你们要知道，支配自己是最高的权力。你们可能以为最高的权力是支配别人，但你们错了，最高的权力是支配自己。一个人如果连自己都不能支配，那才是死去的人，即使活着也死了。

弗拉第米尔：古代人和现代人都这样想吗？应该这样想吗？

戈多：支配自己的权力自古以来就存在，而且一如既往地存在。古代人能清晰地感受到，但现代人好像不再能感受到。这不能责怪现代人，因为流动无常是现代人的命运。你们周围的一切都在流动，而且不是重复的流动，而是不可重复的流动。你们眼前的人在一个时刻出现，但这个时刻之后永远不会出现。你们遇到的一切几乎都是流动的。当你们发现了这个问题，会觉得流动是一个让人失忆的魔鬼，一个无法战胜的魔鬼，于是你们不得不接受这个命运。但你们接受这个命运的时候，也就忽视了自己。而一个忽视自己的人应该接受被一切忽视的命运，无论古代还是现代，都是如此。

爱斯特拉贡：那我们怎么办？

戈多：在流动无常的世界里发现确定无疑的东西，即使这个东西是有生命的，非要离去，你们也要留住它，即使最终无法留住它，也要留住它的记忆。例如你们的衣服和鞋子，天天穿在身上，比你们的父母还要关心你们，比你们的情人还要关心你们，你们却视而不见，随便替换，随便丢弃。你们丢弃它们的时候，已经向流动屈服，流动才会变成让你们失去记忆的魔鬼。但是，如果你们珍惜自己的衣服和鞋子，脏了洗一洗，破了补一补，补过的地方又破了，再补一补，你们就不会被流动的魔鬼吞没。我知道你们觉得这样做很难，因为你们习惯了新奇，习惯了变化，仿佛新奇是你们的父亲，变化是你们的母亲，所以不断地买衣服，买鞋子。你们看看从这里经过的人，没有一个穿旧衣服，没有一个穿旧鞋子，他们已经被流动的魔鬼掳走了，所以会像你们一样陷入无聊、荒诞的深渊，而且越陷越深。他们一定想出来，自由自在地活着，但几乎没有办法。

弗拉第米尔：自己的衣服破了，找别人帮忙补一补，可不可以？

戈多：不可以，你们不能总是有役使的想法，即使你们花钱让人补，仍然是役使的想法。这种帮忙看起来是平等交换，但对于寻找自己而言，不是平等交换。役使别人，就感受不到自己，更找不到自己，因为你们放弃了衣服与身体的亲密关系。不但衣服如此，你们用的东西也是如此，例如房子里的床、凳子、书架、桌子、炉子、餐具，你们日夜与这些东西为伴，你们熟悉这些东西，随时随地能想起它们的样子，但这不意味着你们找到了自己。如果这些东西是你们自己做的，你们看着它们在手里一点点成形。这是一种自我存在的感觉，也是对于自我权力的实践。当你们坐在自己做的凳子上，当你们躺在自己做的床上，当你们吃着用自己做的炉子做的饭，当你们从自己做的书架上取下一本书，哪怕这本书是让你们失去自己的《等待戈多》，你们也能感受到自己。这个自己有了生命，既有眼睛，也有面容，还会笑，而且在对着你们笑。那是一种温暖的笑，坚定的笑。看到这种笑的人，他一定不会让这个自己消失，而是像照顾新生的孩子一样照顾它。

爱斯特拉贡：你会自己做自己需要的东西吗？

戈多：我什么都做，需要什么就做什么。我需要一张更大的床，就会提前准备，选好两棵橡树，是我三十年前种下的，做一张床足够了。夏天中午，我砍倒树，放在阳光里暴晒，一直晒到第二年秋天，然后将木头锯开，再晾到年末。我每天经过这些木头，每天看看它们，摸摸它们，我喜欢这种粗糙的感觉。之后，我将木头刨平，直到木头纹理清晰地展现，闪着光。然后，我准备好工具，尺子、锤子、铲子、锯子、刨子、凿子。我用尺子量，我用锤子锤，我用铲子铲，我用锯子锯，我用刨子刨，我用凿子凿，最后组装。我准备了两年，又忙了二十多天，一张床终于出现了。我喜欢它的样子，我喜欢它的纹理，我喜欢躺着的感觉。只要我不遗弃它，只要我不毁坏它，它就一直存在。我可以说得更详细一些，说一天，甚至两天，但我这样说，你们就大体知道是怎么回事。

弗拉第米尔：这些东西让你失去了自己，还是发现了自己？

戈多：我忙了二十多天，每天埋头干，忘了吃饭，忘了睡觉，甚至忘了自己。完成后，我才想起自己，突然间觉得腰酸背痛。我还想过一个问题，在二十多天里，我的自己去哪里了？后来我知道了，我的自己每天都出现，在二十多天里也出现，钻进木头，变成了这张床，或者变成了这张床的灵魂。我用艰苦的劳动创造了一个自己，这个自己永远停留在做完床的那一天。所以，当我看着这张床的时候，我在看着我的自己，一个过去的自己，一个微小的自己。我还做过很多东西，凳子、书架、桌子、炉子、餐具等等，每个东西里都有一个我的自己。我每天看到这些自己，它们不会迷失，我也就不会迷失。你们可以用这种方式发现你们的自己。当你们发现了自己，你们会觉得这个世界像一条奔涌的河，河水里有很多奇形怪状的东西，有很多奇形怪状的人，但你们不再害怕，也不再无聊，因为你们已经打败了流动的魔鬼。你们打败了那个魔鬼，才能看到那个魔鬼。你们看着那个魔鬼在你们面前一动不动，才意识到以前在魔鬼怀抱里的时光是多么荒诞。它用无限的诱惑让你们迷失，它用无限的迷失让你们失去自己，它将这些失去自己的活死人抱在怀里，告诉他们要想活得有意义，就不能放过任何一个诱惑。

爱斯特拉贡：那么，我们是同情贝克特，还是责怪贝克特？他也在魔鬼的怀抱里，他享受过迷失的感觉，又将这种感觉写了出来。

戈多：贝克特的确在魔鬼的怀抱里，他想挣脱，而且试了很多次，却没能挣脱。即使如此，他一定识破了魔鬼的诡计，所以一次次拒绝诱惑。在魔鬼的怀抱里拒绝魔鬼的诱惑，为此他承受了很大的代价，也就是语言力量的消失。他看上去很博学，很深刻，但他的心灵好像失去了力量。他说了很多话，也让你们说了很多话，但没有几句话有意义。他写了《等待戈多》，用了很多字，还不如只用两个字，荒诞或无聊。但你们不能责怪他，因为他是无辜的，他承受了很多不应该承受的。在这个时代，像他一样承受这一切的还有很多人，但只有他表达了出来。你们是他创造的，也只有他能创造你们。你们可能对自己的样子不满意，对自己的语言不满意，因为你们无法表达自己的理想，也无法表达自己的屈辱。你们无法选择，生下来就是这个样子，而且要用这个样子注释这个时代。你们不接受这一切，要推翻这一切，过上自己想要的生活，这要靠你们自己。但如果出现这些情况，你们就要责怪贝克特：他要求所有的人必须接受他对这个时代的定义，也就是一切都是荒诞的，一切都没有意义；如果有人重新定义这个时代，他拒绝承认这些定义；他用自己的方式定义你们，用自己的方式定义戈多，而且绝不接受戈多的出现。如果出现这些情况，我会责怪他，你们也会责怪他。这个时代即使是荒诞的，也不是封闭的。

弗拉第米尔：贝克特为什么不接受戈多的出现？

戈多：贝克特让你们等待戈多，戈多就不能出现，因为戈多一旦出现，会破坏他的愿望。他的愿望是弃绝因果关系，于是他将等待无限延长，也就是将因果关系无限延长，让原因与结果永远不能见面。他可以这样做，但不能拒绝别人不这样做。今天，我来了，我就是戈多，古代人戈多。我站在你们面前，也就是站在这个时代面前。有人觉得我是最终的结果，但你们知道我不是最终的结果。在我之后，还会有很多结果。

爱斯特拉贡：你会离开吗？

戈多：我很快就走了，就像我没来过一样。我来了又走，是想告诉贝克特，他可以定义这个时代，但这不是唯一的定义。这个时代的所有人都可以定义这个时代，用自己的方式定义这个时代。最后，我要告诉你们，一定会有人超越贝克特，他知道这个时代的沉重与荒诞，却没有被沉重与荒诞压垮。他会反思这个时代，用深奥、优美的语言，对于任何问题都不回避，也不妥协。他会反思这个时代的一切，而且一定不会用破碎自我的方式。破碎可以证明破碎，但不能让破碎的东西复原。你们觉得破碎还需要证明吗？一睁眼就能看到，一伸手就能摸到，为什么还要证明？难道现代人喜欢浪费文字吗？如果现代人还有雄壮的愿望，就应该珍惜每个字，将它们看作为了雄壮的愿望不惜赴汤蹈火的勇士，进入神秘之地，进入阴暗之地，最后遍体鳞伤，带着真理回来。所以，你们应该珍惜它们的每次出现，珍惜它们的每次消失。

戈多走了，摇摇晃晃地走了。

第二幕

现代人戈多

第二天，弗拉第米尔和爱斯特拉贡又来了，恢复了原来的样子，无精打采。他们坐在石头上，看看天，看看地，看看后面的那棵树，然后啰里啰唆，没完没了。

弗拉第米尔：我们又见面了。

爱斯特拉贡：是的，又见面了。

弗拉第米尔：今天你为什么不早来？

爱斯特拉贡：我为什么要早来，我们为什么不能一起来？

弗拉第米尔：我总是来得早。

爱斯特拉贡：但我们会一起离开。

弗拉第米尔：我们要在这里等一天，整整一天。

爱斯特拉贡：这又能证明什么？证明我们是有用的，还是没用的？

弗拉第米尔：证明我们对于戈多充满了期待。

爱斯特拉贡：但戈多不一定来。

弗拉第米尔：我知道他不一定来。

爱斯特拉贡：那我们在这里干什么？

弗拉第米尔：等待戈多。

爱斯特拉贡：我的记忆出了问题吗？我记得戈多昨天来过。

弗拉第米尔：你记住什么，没记住什么，那是你的问题，别用你的记忆烦我。

爱斯特拉贡：可我记得我们同时见到了戈多。

弗拉第米尔：我说你别用你的记忆烦我，我不想生活在过去。

他们不再说话，背对背坐着，谁都不知道旁边的那个人在想什么，谁也不问。

弗拉第米尔：我想起来了，昨天戈多好像来过，他让我们寻找自己。

爱斯特拉贡：我是有点记忆，但我不相信我的记忆。

弗拉第米尔：我也不相信我的记忆，所以我们又来了。

爱斯特拉贡：我们又来了，是为了什么？

弗拉第米尔：等待戈多。

爱斯特拉贡：昨天戈多来了，我们为什么还要等他？

他们不再说话，面向路坐着，谁都不知道旁边的那个人在想什么，谁也不问。

一个人从远处走来，穿着深棕色衣服，从领结的样子看，这身衣服很高贵。他看着他们走来，目不转睛地看着，好像是为了他们而来。

他们觉得有些局促，因为从来没有一双眼睛这样看着他们，而且在很远的地方就看着他们。

那个人叼着雪茄，迎面走来的时候，吐出的烟蒙住他的眼睛，瞬间消散，那双眼睛又露出来，炯炯有神，有疑惑，有期待，有希望。

等他们闻到雪茄的味道，那个人已经站在他们面前。

戈多：我是戈多，现代人戈多。你们在这里等我，但一直没等到，不是因为我不来，而是因为我不知道你们在等我。一年前，我得知《等待戈多》出版了，我没在意。这个世界上，很多人叫戈多，很多人的外号叫戈多，所以我不知道你们等待的是我。前些天，我去剧院看了这部戏，又买了《等待戈多》，从头到尾读了一遍。我觉得你们等待的应该是我，所以我来了，作为这个故事的结束。这个故事不能总是让人迷惑，也不能长久地悬在这个时代的天上。

爱斯特拉贡：你来了，我们就不用等了。但你不觉得你来了，我们就没有意义了吗？你不觉得你来了，我们更荒诞了吗？我们等待一个不会出现的戈多，所以我们是荒诞的。可是戈多来了，我们连荒诞都不是。

戈多：我确实这样想过，但我还是要来，无论贝克特喜不喜欢，无论你们喜不喜欢，我都要来。我为什么不能来？即使我来了，这个世界上的荒诞更多，我还是要来，因为我不希望成为一部荒诞戏中不见踪影的主角。这部戏演到一半的时候，我听到有人说"戈多是上帝""戈多是希望"。这部戏结束的时候，我又听到有人说"上帝死了，希望没了，所以戈多永远不会出现"。听到这些人的话，我觉得我应该出现。我不是上帝，也不是希望，我是荒诞，就像你们一样，但我们为什么会荒诞？

弗拉第米尔：我有模糊的记忆，你昨天好像来过。

戈多：别被你们的记忆骗了。昨天晚上，我才打算来这里，看看你们是否还在这里等我。

爱斯特拉贡：我也有模糊的记忆，你昨天好像来过。

戈多：看来你们还活在幻觉里，所有荒诞的人都活在幻觉里。你们知道这个时代的人有什么共同点吗？很多人活在幻觉里，在幻觉里出生，成长，走路，睡觉，吃饭，最后在幻觉里死去，但他们永远不会承认自己活在幻觉里。我没有笑话你们，因为我也是这样的。我不知道我为什么会这样，但想来想去，我的确是这样的。我看不到这个幻觉的边，所以无法将这个幻觉掀开，只能在这个幻觉里活着。早上睁开眼睛，我就能看到这个幻觉。睡觉的时候，我闭上眼睛，希望这个幻觉消失，但它会在我的梦里出现，像一张无边无际的网，我从这边跑到那边，总是看不到它的边。

爱斯特拉贡：贝克特让我们在这里等你，你出现了，你来这里是为了什么？

戈多：这个时代的人都知道你们在等我，但总是等不到。你们很迷惑，他们很迷惑，我也很迷惑。我不想活在迷惑中，所以我来了。

弗拉第米尔：你来了，看到了我们，还觉得迷惑吗？

戈多：迷惑，因为这个时代的一切都让我迷惑。每当迷惑的时候，我就需要新奇，但这个时代的一切是相似的，相似的街道、相似的房子、相似的人、相似的眼睛、相似的鼻子，还有相似的嘴。但今天，我发现了一个奇特的现象。我在远处的时候，看到你是彩色的，你们的头发是黄色的，你们的眼睛是幽深的蓝色，你们的皮肤上有很多闪着光的绒毛。可是当我走近你们，站在你们前面的时候，你们变成了黑白色，你们的彩色消失了，只剩下线条，像一幅铅笔画。

他们觉得不可思议。可是他们睁大眼睛，看着戈多，发现戈多也是黑白色。当戈多从远处走来的时候，他们没有注意这个问题，于是让戈多走到远处，然后从远处走来。

戈多走到远处，站在那里。他们看到了戈多身上的颜色，领结是浅蓝色的，衣服是深棕色的，脸是浅黄色的，嘴里叼着的雪茄是深黄色的。

然后，戈多向他们走来，越走越近，等他们看清了他的眼睛，要对他说话，而且他也能听到的时候，戈多瞬间失去了色彩。他的领结是浅灰色的，他的衣服是深灰色的，他的脸是浅灰色的，他的雪茄是深灰色的。

当他们的距离足够近，就会失去颜色。他们看着周围的一切，周围的一切变成了黑白色，看起来有些冰凉，但极为清晰，与他们的心情很配。

他们不知道这是怎么回事。但他们觉得在一个黑白世界里看《等待戈多》，应该十分合适，既不惊奇，也不失落，因为《等待戈多》是一个褪色的世界、一个冰冷的世界，颜色被驱逐了，情感也被驱逐了，所以《等待戈多》里几乎没有形容词，只有一些干巴巴的名词、动词，组成了很多不完整的句子。

不过，他们还是有些不适应，尤其是戈多。他从来没有想到自己的世界会变成黑白色，他不想在这样的世界里活着。可是，如果他想赶走迷惑，就要来这里，与他们见面，而且是面对面。如果距离太远，他听不到他们的声音，看不见他们的眼睛，所以即使来了也没用。

戈多：我刚从火车上下来。我觉得读《等待戈多》的时候，就像坐在拥挤的车厢里。火车缓缓行驶，驶向我的目的地，但我不关心我的目的地。我坐在拥挤的车厢里，我想说话，却没有什么话，所以我不想说。可是我不说话，又觉得自己是不存在的，所以必须要说几句，但能说什么呢？我说我看见了天上的太阳，看见了地上的水坑，水坑里有一点水，水里有个太阳，天上也有个太阳，明明有两个太阳，却是同一个太阳。这些话没有任何意义，所以没有人愿意听。但我需要这些话，这些话让我觉得我还活着，而且要有意义地活着。但我活着，到底有什么意义？我不知道，对面的几个人也不知道。实际上，他们也不知道自己的意义，甚至不知道自己还活着。我知道他们需要意义，像我一样，于是他们在听我说话。他们不知道我为什么这样说，而没有那样说，他们也不知道这些话的意思，但他们只要听了，就会觉得自己有意义，因为没意义也是意义。我看着他们的眼睛，空洞，无聊，麻木。我问他们活着到底有什么意义？他们仍然看着我，用空洞、无聊、麻木的眼睛。可是，火车的意义是多么深刻，坐在火车里的人的意义是多么深刻，他们有自己的希望，有自己的理想，哪怕很微弱，很渺茫，哪怕是破碎的，也是意义。但他们无法感受到任何意义，不是因为没有意义，而是因为他们失去了感受的力量。一个伟大的意义会消解掉被它包裹的微小意义吗？这是我读完《等待戈多》后的疑问，它让我觉得自己有点意义，又让我觉得失去了存在的感觉。在这个时代生活的人，存在的感觉好像消失了，他们不知道吃了什么，不知道喝了什么，不知道看到了什么，不知道听到了什么。他们不知道存在的感觉为什么会消失，但他们确定自己没有存在的感觉。

爱斯特拉贡：在这个世界上，从来没有一个时代的人如此重视自己的感觉。实际上，我们并不缺少感觉。可是，让我迷惑的是，我们体会了各种感觉，却失去了各种感觉。

戈多：这个问题同样让我迷惑。如果只是沉浸在迷惑中，我还能找到答案，因为迷惑本身也是一种感觉。但我没有沉浸在迷惑中，我放弃了迷惑，进入一个没有感觉的世界，也就是上演《等待戈多》的剧场。我在剧场里听到了很多话，既包括演员的话，也包括观众的话，但没有几句是完整的。在舞台上，我只听到一句是完整的。波卓要将幸运儿卖掉，幸运儿哭了，爱斯特拉贡给幸运儿擦眼泪，结果被幸运儿踢了一脚，摔倒在地。这时候，波卓说了一句完整的话："世界上的眼泪自有固定的量，某个地方的人哭起来，另一个地方就必然有人停住了哭。笑也一样。所以，我们就不要说我们时代的坏话了，它并不比以往的时代更糟糕。我们也不要去说我们时代的好话。"这是一个破碎的时代，这是一群活在破碎里的人，失去了语言能力，也失去了行动能力。他们说了很多话，没有一句完整；他们做了很多事，没有一件有用。他们不能好好地活着，不能糟糕地活着，也不能痛快地死去。他们穿着衣服，不多也不少，不冷也不热，但他们忽视了这些感觉，然后去寻找其他的感觉。其他的感觉是什么，他们不知道，但他们就是要寻找。如果找不到，他们会觉得自己不存在。他们不甘心自己不存在，于是不停地寻找。只要是在寻找，哪怕是漫无目的的寻找，他们也觉得心满意足。

弗拉第米尔：你说的没错，我们的确在寻找自己，至今也没找到。但我们还没有完全失去意义，因为我们在等待戈多，即使戈多不是我们的意义，等待也是我们的意义。

戈多：这部戏落幕后，观众们七嘴八舌。有人说你们的命运就是现代人的命运，而戈多永远不会出现，所以你们的命运永远不会改变。看戏的时候，我也在等待戈多，但戈多没有出现。我，戈多明明是存在的，却不能出现，所以既让人期待，又让人迷惑。这是一种未知的命运。我承认这个世界上有很多未知，而且没有一个人想成为未知，但总是有人成为未知。即使戈多出现了，也会被人当作未知。对于这个问题，观众好像已经习以为常，所以他们在等待戈多，好像仅仅满足于等待，而不希望戈多出现。我不想接受这种命运，因为这个时代并不尊重未知。这是一个追求可见的时代，只有清晰可见的才会受到尊重，无论这些清晰可见的是正义的，还是不正义的，都会受到尊重。

爱斯特拉贡：现代社会是这样的，古代社会也是这样的，人类社会从来都是这样的。

戈多：你们接受这种命运吗？你们接受自己说的话像风一样消失，想的问题像树的影子一样虚幻吗？我经历过战争，但没有上过血腥的战场，因为我是后勤兵。最后，我活了下来，但总觉得不光彩，走在人群里有些耻辱。等街上的坦克不见了，再也听不见军队的脚步声，我进入一个工厂，在那里拧螺丝，每天拧螺丝，从早到晚，拧到胳膊酸疼，脑袋里一片模糊。无论如何，都不要问为什么，谁问谁就会得到一个答案：为了每天的面包。之后，我去了一个编织厂，每天整理线头，从早到晚，眼睛看花了，脑袋里又是一片模糊。无论如何，都不要问为什么，谁问谁就会得到一个答案：为了每天的面包。

弗拉第米尔：我不喜欢这样活着，但我必须这样活着，否则又能怎么办？我想知道这样的生活是从哪里来的？是天上掉下来的，还是地里长出来的？贝克特创造了我们，但没有告诉我们这样的生活是从哪里来的。在这个时代，我们好像不敢问这个问题，即使问了，也没有人回答，因为没有人知道答案。

戈多：我们不知道这样的生活是从哪里来的，但我们知道我们无法清晰地看到自己。我们的生活看起来是自己的，却被一个又一个格子分开，每个人都有一个格子。每个格子很小，没有人喜欢，所以都想跳出来。但每个格子又很深，不容易跳出来。他试了很多次，每次都失败了。于是，他只能坐在里面，仰头看着很小的一片天。有时候，他觉得格子里的时光是平静的，有吃的，有穿的，不冷不热，想睡就睡，想醒就醒，只要不急不躁，就可以永远在里面。有时候，他又想跳出来，因为这是一种被定义的生活、被支配的生活，仿佛一切都是他的，一切又不是他的。自从他有了这个想法，格子里的生活不再是平静的。他开始训练，没日没夜地训练力量，训练技巧，一次次跳起来。他终于成功了，成功地跳出以前的格子，跳入另一个格子。他缓了一口气，看了看周围，又看了看上面的天，这个格子与前一个格子几乎一样。他坐在地上，不得不接受这一切，而且觉得这一切可能就是他的命运。当他想到命运这个问题的时候，他觉得也不是不能接受。

爱斯特拉贡：我们是不是也活在这样的格子里？

戈多：我觉得是，你们是，贝克特是，这个时代的人也是，但没有一个人愿意活在这样的格子里。如果他们知道会活在这样的格子里，他们可能不会同意来到这个世界。

弗拉第米尔：我们的确不想这样活着，但贝克特没有经过我们同意就创造了我们，而且不允许我们改变，甚至不允许戈多出现，担心戈多会给我们带来启示。那些看戏的人同样不允许我们改变，也不允许戈多出现，因为一旦戈多出现，他们会瞬间迷惑。他们不知道如何面对戈多，也不知道如何面对戈多出现后的世界。

爱斯特拉贡：我也是这样想的，但又能怎么办？我说的每句话都是贝克特让我说的，我不想这样说，但如果不这样说，我又能说什么？

戈多：如果有人说我们是垮掉的一代、颓废的一代，我们接受吗？

弗拉第米尔：我不接受，我是颓废的，我是垮掉的，但我不想颓废，我也不想垮掉。可是除了颓废和垮掉，我又能做什么？

戈多：我们不知道自己是怎么长大的，也不知道为什么长成了这个样子。当我们知道自己是这个样子的时候，我们接受了这个样子，甚至热爱这个样子。但有人说这个样子是不对的，应该有更好的样子，我们又能怎么办？你们去看看刚出生的孩子，那么可爱，那么赤诚，无限地接受，接受外界的一切，没有拒绝的任何可能。等他长大后，有人告诉他这里不对，那里不对，他也不知道到底对不对，怎么样才算对。

爱斯特拉贡：我们一定是接受了应该接受的，也接受了不应该接受的，所以才变成这个样子，无聊，荒诞，拒绝理性，拒绝情感，拒绝因果关系，也拒绝鬼魅的说教，然后承受着这个样子的所有后果。这是我们应该得到的吗？我们荒诞，我们虚无，我们垮掉，我们颓废，我们失去了意义，比未知更卑微，这是我们的错吗？

戈多：但我们的父辈已经是这个样子。最初，他们不想变成这个样子，于是有了希望，并为之努力，却看着这个希望破碎，一点点破碎，或突然间破碎。他们还是不想逆来顺受，于是又有了希望，再次为之努力，然后看着这个希望破碎，一点点破碎，或突然间破碎。当第三个希望、第四个希望都这样破碎的时候，他们最终变成了这个样子，不再有改变的愿望。有人说我们是颓废的一代、垮掉的一代，这样说的人一定不知道我们是受苦受难的一代。我们的确是受苦受难的一代，但我们是为了谁去受苦受难？

弗拉第米尔：你不要说得那么气愤，气愤有用吗？这个时代不需要气愤，因为所有的气愤都是没用的。这个时代需要忍耐，忍耐一切，无论这种忍耐是伤害了美德，还是保卫了美德，是伤害了崇高，还是保卫了崇高，都会受到赞许。

戈多：我没有气愤，我知道这个时代需要忍耐，所以我在平静地表达。我也有过希望，一个崇高的希望，但我的希望被战争打碎了，就像我的父辈一样。这个时代的两场战争让我们失去了气愤的能力。我们可以无限地忍耐，却知道忍耐意味着垮掉、颓废。我还知道，在我们的历史上，从来没有一代人经受过我们的命运，第一场战争毁掉了我们的父辈，第二场战争毁掉了我们。所以，那些说我们是颓废、垮掉的人，他们应该知道我们是战争的一代。我们活在战争里，在战争里出生，在战争里成长，如果能在战争里活下来，就会变成这个样子。我们的记忆里总有战争的影子。如果这些战争是伟大的，我们就活在伟大的影子里，即使我们不会变得伟大，但至少知道什么是伟大。如果这些战争不是伟大的，而是无常的、荒诞的，像一场闹剧，我们也只能是无常的、荒诞的，作为闹剧里的小角色。两场战争已经结束，我希望是彻底的结束，尽管没有一个人为战争负责，没有一个人告诉我们如何从废墟里复活。我们看看这些战争，最后的结果是明确的，有人说法西斯被打败了，有人说正义取得了胜利，可是那些奔赴战场的人，他们看到的是被子弹射穿的身体，被炮弹炸毁的一切。一个美丽的世界，被两场战争打得粉碎。在这个粉碎的世界里，法律失去了作用，道德失去了作用。谁都不知道自己为什么活着，谁都不知道自己为什么死去，生死问题像一个根本来不及反应的游戏。我看到过一个我不会忘记的场景。一家人在被炸毁的房子附近吃饭，父母和两个孩子，一个六七岁，一个八九岁。他们觉得空袭已经结束，该炸的都炸了，不该炸的也炸了。突然间，一架掉队的飞机又回来了，向他们投下炸弹，一家人从此消失了。如果他们知道自己会在这个时刻消失，那么这个时刻到来的时候，没有什么是不能接受的，无论是荒诞的还是理性的，无论是崇高的还是猥琐的，一切都可以接受。在这个时刻到来之前，他们可以荒诞地活着，也可以理性地活着，可以崇高地活着，也可以猥琐地活着。但他们不知道这个时刻会来，这个时刻就来了，你们说这是不是荒诞？

爱斯特拉贡：我们的历史上有那么多战争，一定是因为有很多人喜欢战争。

戈多：我不知道谁喜欢战争。如果我知道是谁，一定去找他们，问问他们为什么喜欢战争，问问他们是否知道很多人不喜欢战争，他们为什么不尊重这些人的想法？我还要告诉他们，战争一旦发动起来，就像一个失控的魔鬼，不再听任何人的话，反而会消耗人，消耗所有的希望。这个魔鬼也会因此死去，但它从来不在意自己是否活着，也就不会在意自己是否死去。它在意的是消耗，它喜欢消耗，而且要消耗一切。它还喜欢死亡，享受死亡，既包括人的死亡，也包括自己的死亡。

弗拉第米尔：既然战争像一个消耗一切的魔鬼，为什么有人喜欢战争？

戈多：不是他们喜欢战争，而是因为他们喜欢愤怒。一个经常愤怒的人一定要找到发泄愤怒的方式。他向自己的家人发泄，向自己的朋友发泄，但他觉得不过瘾，因为他无法感受到愤怒的价值。于是，他改变了方式，要向整个世界发泄。他知道这种方式是危险的，既会受到道德谴责，也会受到法律裁决。但他是聪明人，为了让自己愤怒得有理，发泄愤怒的方式也有理，他找到了一个好办法，用杰出的才华挟持了很多人，让这些人认为他是正义的，然后告诉他们他受到了伤害。他们觉得他受到了伤害，就意味着正义受到了伤害。这是不可接受的，他们要去寻找那些伤害他的人，于是发起战争，为正义复仇，结果打碎了正义。当然，这种方式有一个前提，也就是要有无数愿意听从他的人。实际上，这些人也像他一样，同样愤怒，同样想发泄愤怒。

爱斯特拉贡：战争打碎了正义，为什么有人喜欢战争？

戈多：战争的确是一个魔鬼，而且是一个下贱的魔鬼，很容易被愤怒唤醒。之后，它会不顾一切，粉碎一切，自己粉碎了也不怕。这是我们文明的缺陷。当一个家庭里有一个孩子、两个孩子，最多三个孩子的时候，家庭情感还是浓烈的，父母珍惜孩子，孩子依恋父母。如果一个家庭有十几个孩子，或二十几个孩子，这个家庭不再是一个情感结构，一个孩子失踪了，或者饿死了，不会引起过度的悲伤。父母希望孩子们自谋生路，越早离家越好。所以，他们很小就离开了家，四处游荡，缺衣少食，看淡了生死。他们怀着愤怒，渴望战争。而战争喜欢这样的人，无论是死是残，都不需要过高的补助，甚至不需要补助，因为没有人知道他们来自哪里。

弗拉第米尔：你是说我们的文明有战争的欲望？

戈多：我不能这么说，因为我们中间有很多拒绝战争的人。但我确定的是我们的生活被战争改变了，没有变好，而是被粉碎了。我们是工人阶级的孩子，我们的父辈都是工人阶级。在漫长的 19 世纪，我们努力工作，努力反抗，得到了应该得到的。资本家认为我们得到的太多了，但他们不敢直接从我们手里抢走，于是想了一个办法，将我们放在战争的泥潭里。他们觉得用这个办法对付我们，是正义的，而且很廉价。这是一种前所未有的情况，我们没有狡辩的才华，只能跟着走。结果，一个世纪的努力被粉碎了。第一场世界战争结束的时候，我们觉得足够了，不会有第二场世界战争，于是满怀希望地开启新生活，哪怕自己的孩子死了，自己的妻子死了，自己的父母死了，也满怀希望地开启新生活。但第二场世界战争又开始了，我们的生活再次被粉碎。从此之后，我们不想努力。我们还能看到希望，但那一定不是我们的希望，我们甚至不想看到它，所以走路总是低着头。它有时候来到我们身边，有时候会碰碰我们的衣服，但我们还是不想看到它。

爱斯特拉贡：无论如何，贝克特不喜欢战争。他参加过战争，以隐秘的方式参加过战争，是为了反对战争。一个人用自己厌恶的方式获得自己想要的东西，看来的确是没有办法。最后，他活了下来，但很多人死去了，包括他最好的朋友，阿尔弗雷德·庇隆。

戈多：所以，我们是战争的一代，贝克特也是战争的一代。战争到底如何影响了他，如何激励他用浅薄的方式表达深刻，用破碎的方式表达崇高，这是一个谜。所有读过《等待戈多》的人应该思考这个谜，而不是停留在你们身上，也不能停留在我身上，无论我出现，还是不出现。所有读过《等待戈多》的人应该回到贝克特那里，看看他到底承受了什么？有时候，我觉得《等待戈多》里的戈多不是我，而是贝克特。我们应该在这里等他，他才是真正的戈多，知道这个世界为什么是一个解不开的谜。

弗拉第米尔：你的说法让我们吃惊。我们从来没有觉得戈多是贝克特，也从来没有觉得贝克特是战争的孩子。以前，我们不理解他为什么创造我们，因为我们对这样的自己不满意，一句完整的话都不会说，眼神迷离、内心空洞，于是我们也觉得他同样眼神迷离、内心空洞。

戈多：如果贝克特是战争的孩子，那么一定是被剥夺了自己的人。一个被剥夺了自己的人有两条路：第一条路是没有自己地活着，没有自己地死去；第二条路是拒绝在第一条路上走一步，要尽快离开这条路，但前提是他要找到那个被剥夺了的自己。贝克特在努力寻找自己，而且用了非同一般的方式。《等待戈多》里的一切是不可复制的，你们是不可复制的，戈多是不可复制的，而且这个世界上只有一个戈多。但戈多是否要出现，这是一个问题。你们觉得他不会出现，尽管你们在苦苦等待，甚至在苦苦等待中看到了死亡，你们也觉得他不会出现。

爱斯特拉贡：我在猜测贝克特是怎么想的。他提到戈多，但拒绝戈多出现。他只要动动笔，戈多就会出现，但他拒绝戈多出现。

戈多：这是因为贝克特接受了未知，将未知当作最高的追求。但我不想接受未知，至少在未知将我吞没之前，我要反抗，不论结果如何，至少能表明我的态度，为这个世界留下戈多的印象。看完《等待戈多》后，我知道你们已经接受了死亡，并三番五次地寻求死亡。我对此一点都不吃惊。即使我来的时候，看到你们挂在树上，身体僵硬，我也不吃惊。我还会与你们对话，因为我觉得你们仍然能听到我的声音。经历过两场战争的人几乎都跨越了生死的界线，生的是死的，死的也是生的。但你们要知道，你们不会死，你们要活着，苟延残喘地活着，没有目的地活着，无论如何都要活着，因为你们是这个时代的象征。这个时代就是这个样子，所以你们也应该是这个样子。我觉得这是贝克特要表达的。

弗拉第米尔：但我不希望我们是这个样子。

戈多：你们不要为此纠结。你们用这个样子活着，也会用这个样子死去，所以你们的生与死不再有区别，生就是死，死就是生。无论如何，你们对于这个时代是重要的，这个时代不能没有你们，就像这个时代不能没有我。每个时代都是复杂的、庞大的、深刻的，不可捉摸，所以每个时代都要有个象征，用简单表达复杂，用微小表达庞大，用浅薄表达深刻。这个时代是什么样的，这个时代的象征就是什么样的。你们认识到这个问题之后，就不会因为自己的荒诞而难过，也不会抱怨贝克特为什么让你们荒诞。可是，当你们象征荒诞的时候，你们要知道我们的文明可能也是荒诞的。一个文明为什么荒诞，如何才能这么荒诞？这是因为它快要破碎了，即使有的地方还是完整的，但不再让人有希望。

爱斯特拉贡：你是说我们的命运就是现代人的命运？

戈多：还不能这么说。你们等待戈多，但戈多不会出现，或者说即使戈多出现了，你们仍然荒诞，甚至更荒诞，这才是现代人的命运。无论你们能等到我，还是不能等到我，都是你们的命运，也是现代人的命运。我不出现，说明希望不会出现。我出现了，还是说明希望不会出现，因为我不是希望，我是破碎，我是浅薄，我是荒诞，或者根据一些观众的说法，我是垮掉的人、颓废的人、失落的人、无常的人。这样的人从来不是希望，也不会带来希望，相反他会让这个时代的绝望更加清晰，更加深刻。

弗拉第米尔：这种绝望有什么意义？是让人顿悟，让人迷惑，让人无动于衷，还是让人不知所措？

戈多：绝望让一些人顿悟，让一些人迷惑，让一些人无动于衷，让一些人不知所措。每个人都想获得希望，而不想获得绝望，但我们的文明无法消灭绝望，因为我们的文明是绝望和希望共同孕育的，有时候被希望捧着，有时候被绝望打倒。但在这个时代，绝望压倒了希望，我们的文明出现了危机。一些人承认这个事实，却没有好办法。于是，他们将绝望变成愤怒，然后想尽一切办法发泄愤怒。几年前，伟大的丘吉尔发表了一篇演说。我还记得他的声音，被雪茄烟熏得有些苍白的声音，就像我的声音一样。那天，我刚拧完螺丝，回家的路上，我听到了他的声音。我看着眼前被战争粉碎的街道、房屋、路灯，还有那些失去孩子的父母、失去父母的孩子。丘吉尔的声音从收音机里传来："从波罗的海的什切青到亚得里亚海边的德里雅斯特，一幅横贯欧洲大陆的铁幕已经降落下来。这条线的后面有中欧与东欧古国的都城……所有这些饱经沧桑的城市及其居民无一不处在苏联的势力范围之内，不仅以这种或那种形式屈服于苏联的势力影响，而且受到莫斯科日益增强的高压控制。只有雅典，放射着不朽的光辉，在英格兰、美利坚、法兰西人的眼中，自由决定它的前途。"

爱斯特拉贡：我越听越迷惑，越听越觉得可怕。这些政治家到底怎么了，他们看起来温暖、博爱，说话的时候义正词严，为什么总要挑起事端？

戈多：残酷的战争刚刚结束，他们又在准备新的战争。但我突然意识到，这些政治家从来都是这个样子，尤其是英国的政治家，不能安静一刻，因为安静意味着死亡，安静意味着荒诞。他们不喜欢死亡，也不喜欢荒诞，却身不由己地走向死亡，走向荒诞。丘吉尔找到了发泄愤怒的对象，但这个对象是强大的，而且是前所未有的强大。我仿佛看到了第三次世界大战的旗帜，仿佛听到了第三次世界大战的炮声，我又能怎么办？贝克特一定听到了丘吉尔的演讲，也不知道怎么办。他唯一的办法是创造你们，让你们对着这些政治家说话，告诉他们不要再荒诞了。第二次世界战争之后，西方文明已经破碎，至少走到了破碎的边缘。我们曾经对雅典怀着敬仰之情，这是千真万确的。巴黎人觉得自己是雅典人，所以将巴黎称作雅典；柏林人觉得自己是雅典人，所以将柏林称作雅典；爱丁堡人觉得自己是雅典人，所以将爱丁堡称作雅典；德累斯顿人觉得自己是雅典人，所以将德累斯顿称作雅典。我们对于雅典的敬仰与热爱缔造了我们的文明，但这个文明一次次被战争打碎。政治家们要用荒诞的方式将文明的碎片粘起来，他们的确能做到，但这个文明会因此而变得更荒诞。不过，他们不在乎，或者说他们喜欢这一切，因为只有在更荒诞的背景里，他们才看不到自己的荒诞，才能让自己的荒诞看起来是正义的，至少是合情合理的。你们都知道奥威尔吧？有时候，我觉得他是西方文明破碎的象征，但有时候，我又觉得他的确在追求正义，用寓言的方式，或用启示的方式，避免我们的文明彻底破碎。

弗拉第米尔： 我们不认识奥威尔。除了贝克特之外，我们谁都不认识。即使我们认识贝克特，也从来没有跟他说过话。他写完《等待戈多》的最后一句，加上最后的句号之后，我们活了，但从此之后，他再也没有翻开这本书。我们想见见他，却总是见不到。我们在这里等待戈多，但我们的确是在等待贝克特。

爱斯特拉贡： 奥威尔是谁？

戈多： 奥威尔与贝克特几乎是一样的人。贝克特创造了你们，让你们说话，而奥威尔创造了一群动物，让这群动物说话。有人说奥威尔是在反抗苏联，但我觉得他反抗的是我们自己。我读过贝克特的作品，感到的是荒诞，一种说不出来的荒诞，而奥威尔说明了这种荒诞的来源。《一九八四》里的一些话我记得非常清楚，因为奥威尔证明了我们为什么荒诞，他说战争即和平，自由即奴役，无知即力量。

爱斯特拉贡：我第一次听到这样的话，其中的内容我是熟悉的，只有混乱的时代才能配得上这句话，但我要作些修改，"和平是为了战争，自由是为了奴役，无知是为了力量"。

戈多：你说的没错，简直像个启示。这个时代的人刚刚从战争里活过来，又要准备新的战争。我知道我是自由的，自由地吃饭，自由地睡觉，自由地走路，自由地荒诞，自由地无聊……没有人能管得了我。但除了这些，我还能做什么？有人告诉我，别想那么多，别问那么多，太阳每天升起，每天落下，别人说什么，你做什么，你就能获得真正的自由。

弗拉第米尔：这是源于服从与奴役的自由。

戈多：的确如此，奥威尔已经想到了。他说我们天天呼喊自由，但我们的自由仅仅是 2+2=4 的自由，只要认识到这一点，一切疑惑就会迎刃而解。我们想一想自己是不是这样活着？有人说我们不缺吃的，不缺穿的，不缺住的，每个人都是平等的，每个人都是自由的，这是真的吗？我们生来就不平等，死的时候也不平等。有人将我们的文明追溯到启蒙时代，并且说那是伟大的时代、光明的时代，足以为我们的文明确定最好的道德规范和行为规范。我们享受了这些道德规范和行为规范的好处，所以要感谢启蒙时代，也要感谢这个被战争打碎的时代。我们应该是自由的、平等的、博爱的，但实际上我们是孤独的、冷漠的、坚硬的。我不再相信那些文人的话，无论是洛克、休谟，还是伏尔泰、孟德斯鸠，他们说是为了这个世界的前途而思考，但他们不关心周围的人。他们只是为了自己能活下来，为了自己能活得更好。他们看起来高傲，好像手里握着真理，但他们是因为无知而高傲，他们的嘴里只有让人烦的教条。

爱斯特拉贡：如果不再相信那些文人，我们又能相信谁？

戈多：相信自己的眼睛，相信自己的耳朵，相信自己的皮肤，然后相信自己看到的一切，相信自己听到的一切，相信自己感受到的一切。这是我们存在的感觉，如果不能感受到自己的存在，一切就是虚幻的。有人告诉我们要相信自己的理性，勇敢地使用自己的理性，就能获得解放，不但能解放自己，还能解放这个世界。有些人照着做了，但结果是什么？那些从战场上回来的伤残老兵没看到自己想看到的，没听到自己想听到的。他们在战场上勇敢地使用自己的理性，杀了很多人，回来后胸前挂上了帝国勋章，但他们不觉得光荣。有人告诉我们要相信因果关系，但在这个时代，因果关系已经解体，或是中了魔鬼的迷惑咒。我们看到了很多结果，我们本身就是一个结果，一个荒诞的结果，但谁知道这个结果是从哪里来的？在《等待戈多》里，我好像是结果，又好像不是结果，因为我没有出现。我没有出现，也没有任何原因。但那些观众什么都接受了，接受没有原因的结果，接受不是结果的结果。有人说因果关系是我们这个时代的根基，这个根基是在启蒙时代奠定的，所以我们要寻找原因，获得结果，甚至应该为此付出生命。但现在，因果关系解体了。如果说还有剩下的，那应该是结果。所有人都想得到结果，不要原因，也不要过程。原因和过程是道德的领地，当原因和过程消失后，道德也就没有存在的必要。我之所以是一个荒诞的结果，一个没有原因的荒诞的结果，是因为道德隐退了。但它没有消失，而是藏在一个见不到光的地方。有些人找到了它，但它只说了一句话："走你们的路，我不会看着你们。"

弗拉第米尔：我们愿意相信自己，愿意相信自己说的每句话，但我们又觉得我们的话是荒诞的，没有意义。有时候，我觉得我应该死，在那棵树上吊死，只有这样才能结束没有意义的生活。而我等到戈多了，我觉得戈多就是我的意义。我看到你站在这里，却发现你不是我的意义，因为你也觉得自己没有意义。你告诉我要相信自己，我的确要相信自己，但我的自己在哪里，我如何才能找到它？我用我的话寻找，没完没了地说，絮絮叨叨地说，每句话好像都没有意义。但我又必须说，不停地说，却得不到任何回音。我发现我活在一个没有回音的世界里。这种感觉是奇怪的，我又不得不接受。

戈多：这个时代是沉闷的，会吞噬每一种声音。这个时代的每个人是沉闷的，会忽视每一种声音，包括自己的声音。他们想说话，却听不到自己的声音，也不知道别人能否听到自己的声音。他们看起来有些急切，却不知道要去哪里，因为他们坐在一辆没有来处、没有目的地的火车里。这辆火车有时开得快，有时开得慢，不断有人上车，但很少有人下车。车厢开始的时候已经很拥挤，然后越来越拥挤。很多人没地方坐，没地方站，更没地方睡觉。他们很疲惫，只能独自忍受，因为向别人说自己疲惫是没用的，反而让别人更加疲惫。

爱斯特拉贡：那你告诉我们应该怎么办？我们是荒诞的，那些看我们的人也是荒诞的。我们等待戈多，戈多来了，戈多说我们是荒诞的，他也是荒诞的。贝克特为什么让我们等待戈多？难道是让我们死在等待里，即使死了也不知道自己的荒诞？

戈多：一个人是荒诞的，但他不知道自己是荒诞的，所以他快乐。如果他知道自己是荒诞的，却没有办法逃离荒诞，他会愤怒。一个人的愤怒是可有可无的，如果很多人觉得自己荒诞，而且没有办法逃离，他们会愤怒。这种愤怒是危险的，能打碎眼前的荒诞，然后创造出更深刻的荒诞。

弗拉第米尔：如果我坚持用愤怒的方式逃离荒诞呢？有时候，我觉得我也热爱战争。对于一个失去意义的人来说，没有什么比战争更让他振奋的。战争意味着破坏，怎么破坏都可以。战争开始后，法律最先被打碎，道德也会被打碎，最后没有什么能阻止我的愤怒，哪怕我的对象是无辜的，但谁能证明他是无辜的？一个死去的人如何证明他是无辜的？

戈多：这不是贝克特的方式，而你竟然这样想，一定是逃离了贝克特的初衷，有了自己的生命。前些天，我遇到一个法国青年，居伊·德波，高高瘦瘦，眼睛里充满了道德的光芒。我从来没有见过他，但我了解他的想法后，我觉得他是另一个类型的贝克特。贝克特用荒诞对抗荒诞，用破碎对抗破碎，用无知对抗无知，而德波用深刻对抗荒诞，用温暖对抗荒诞，用完整对抗荒诞，要将荒诞掀个底朝天。他说这个时代是一个新的奴隶时代，没有人知道奴隶主在哪里，却觉得自己受到了奴役。他的感觉是对的，因为他发现了奴隶主，资本主义就是奴隶主，但资本主义很聪明，不会直接去奴役每个人，而是借助于诱惑的景观。这些景观让人沉迷，忘记了自己，交出了自己，放弃了自己，最后被诱惑拐走了。诱惑不能让人愚蠢，至少让人麻木，对自己的痛苦是麻木的，对别人的痛苦也是麻木的。

爱斯特拉贡：我们不想麻木，但我们是麻木的，我们怎么办？

戈多：我们可以等待，像你们等待戈多一样等待。我们的时代精神总在起伏，每次巨大的灾难之后都会有巨大的起伏。当我们看到一些词经常出现的时候，例如荒诞、无聊、沉闷，我们的思想会有一次难以预料的爆发。这些词好像有了生命，要控制这个时代，从开始到结束，严密地控制这个时代。但它们错了，它们没有这种力量，因为每当破碎的时刻，温暖、完整、深情会再次降临。我觉得贝克特开启了这个进程，他注视着我们的文明，也就是审判这个文明。但贝克特是犹太人，不是西方人，他会不会全心全意地为我们的文明思考，这一点我是不确定的。

弗拉第米尔：犹太人不是西方人吗？我不理解这个问题。

戈多：犹太人是游荡者，游荡了一千多年。拿破仑战争后，犹太人才进入我们的文明，最初是杰出的理财师，帮助逃亡贵族保管黄金白银，之后又用隐秘的方式控制权力。而在刚刚结束的战争里，他们受尽了屈辱和伤害。他们应该会离开我们的文明，建立属于自己的国家，但他们不会贸然离开。他们在我们的文明里寄居，根深叶茂，在找到新的寄主之前，他们一定不会离开。但他们对待我们的方式会改变，他们不想再寄生，所以要么改变我们的文明，要么掏空我们的文明。如果我们的文明由此衰落，我们应该接受这个结果。如果我们的文明被掏空了，我们也应该接受这个结果。在这个世界上，犹太人熟悉我们的弱点，他们利用了这些弱点，也受到了这些弱点的伤害。

爱斯特拉贡：我们谈了好久吗？

弗拉第米尔：是的，我们谈了好久了。

爱斯特拉贡：但我觉得我们好像刚刚见面。

弗拉第米尔：温暖让时间加快，深刻让时间加快，时间就像消失了一样。迷惑让时间变慢，荒诞让时间变慢，时间也像消失了一样。但两种消失不一样，第一种消失是热恋的感觉，第二种消失是死亡的感觉。

爱斯特拉贡：在这个时代，热恋还有，却不会发生在我们身上。然而，我们可以深思，像古代雕像一样沉静地深思。但让我奇怪的是，我和弗拉第米尔在这里的时候不能深思，看起来那么浅薄，听起来那么浅薄，戈多来了，我们却能深思。

戈多：深思可以对抗荒诞，可以对抗浅薄，可以对抗无聊，也可以对抗没有意义。古代人经常这样做，但现代人很少这样做，因为到处是诱惑，到处是欢乐。如果诱惑和欢乐不停止，享受诱惑与欢乐的人觉得自己是存在的。但如果诱惑和欢乐转瞬即逝，那么情况就不一样了，享受到诱惑与欢乐的人会感到两种说不出来的分裂。

弗拉第米尔：哪两种分裂？

戈多：一种是文字与现实的分裂，一种是大空间与小空间的分裂。两种分裂是清晰的，又是隐藏的，也就是说活在分裂中的人不能表达，哪怕他想了很多，说了很多，写了很多，也不能表达，因为没人听，也没人信。你们或许知道，当然也应该知道，我们历史上有很多伟大的思想家，他们写了很多，却忽视身边的一切。他们熟悉身边的一切，这一切让他们高兴，让他们难过，让他们无可奈何，但写作的时候，他们会忽视这一切。有人可能会说他们没有忽视，至少没有完全忽视，可是当他们用隐秘的方式、抽象的方式表达的时候，他们并不在意自己熟悉的一切。他们的精神飞起来了，飞到自己时代的上空，回望古代，或看向未来，唯独忘了自己的时代。所以，我们不知道古代人是怎么生活的，他们遇到了哪些困惑？希腊时代的人是不是像我们一样被失败感笼罩着，神学时代的人是不是像我们一样被无用感笼罩着，启蒙时代的人是不是像我们一样被焦虑感笼罩着？这一切我们都不知道。但是，如果那些思想家真实地记录了他们的生活，我们就能知道这一切。根据我的判断，每个时代的人都不容易，在无限的困难里浮浮沉沉，有时候焦虑，有时候难过，有时候荒诞。他们因为这些困难而绝望，但也从中获得了无与伦比的智慧。

爱斯特拉贡：即使你的判断是对的，即使古代人是焦虑的、难过的、荒诞的，但我想我们比他们更焦虑，更难过，更荒诞。

戈多：这个问题我无法反驳，因为我也不确定。但我确定的是在这个时代，更多的人能写作，而且写了很多，尤其是普通人。而在任何时代，普通人会更焦虑，更难过，更荒诞，因为他们走的每一步都很辛苦，也很迷茫，不知道下一步会迈到哪里，不知道上一步为什么迈到这里？在古代，普通人没有写作能力，他们承受了很多，只能忍受，忍受到了极限还要忍受，然后再忍受到极限。他们觉得自己要死了，却一次次越过了极限。在这个时代，我们还在忍受，像以前的人一样，但我们可以写下来，像贝克特一样，将自己忍受的荒诞写下来，但我们能说只有这个时代是荒诞的吗？

弗拉第米尔：这种分裂是可以原谅的吗？

戈多：不可以原谅，因为那些以文字为业的人没有用好文字。他们可以用文字谋生，但应该知道文字不仅仅是用来谋生的，更不能用作升官发财的工具。那是对文字的侮辱，也是对这个时代的侮辱。所以，这种分裂是不可以原谅的，但我们又有什么办法？

爱斯特拉贡：大空间与小空间的分裂是怎么回事？

戈多：在我们这个时代，大空间几乎都是透明的，即使里面有黑暗的地方，但这些黑暗在变小，不再吞噬光明，所以我们能在大空间里找到关于自由、平等、博爱的各种状态。但小空间就不同了，十分神秘，谁都不知道一个小空间里发生了什么，但我们生活在小空间里，能感受到里面的一切。如果我们表达出来，有人觉得我们无聊至极，有人觉得我们可能会颠覆大空间。

弗拉第米尔：什么是大空间，什么是小空间？

戈多：你们属于一个大空间，也就是爱尔兰，我属于另一个大空间，也就是英国。爱尔兰和英国有很多小空间，我工作过的螺丝厂、织布厂，都是小空间。小空间本来附属于大空间，也应该服从于大空间。但大空间是什么样的，小空间不一定是什么样的。我们的大空间是伟大理想的领地，无论这个理想是真实的，还是虚假的，我们都能看得清，但很多小空间就像混杂的博物馆，陈列着奴隶制度、封建制度，有时候很平静，但有时候会发作，奴役和依附像小丑一样登台，挤眉弄眼。如果多数小空间都是这样的，终有一天会颠覆大空间，用神秘的方式，用欺骗的方式，用赞美的方式，用诱惑的方式。每次发作之后，小空间会平静下来，最后要承担责任的却是大空间。让贝克特感到困惑的，既有大空间的问题，也有小空间的问题，但我觉得小空间的问题更多。在这个世界上，文学家关心小空间，但思想家关心大空间，仿佛小空间与他们没有关系，或者说小空间没有意义，所以这个时代的很多人都在讨论如何让大空间变好。他们放弃了小空间，好像忘了自己活在小空间里，忘了身边的一切。有一天，他突然发现自己的困惑正是源于这一切的时候，他会迷茫、无聊、荒诞，却没有任何办法。他会怪罪大空间，但实际上他应该怪罪小空间，或者怪罪自己对于小空间的忽视。他不了解自己，而且忽视了自己身边的一切。所以，大空间与小空间的分裂总是出现，而且反复地出现，但受到不公正评判的往往是大空间。

爱斯特拉贡：贝克特克服了两种分裂吗？

戈多：他在努力克服。他创造了你们，然后把你们放在一个小空间里，你们感到痛苦，但即使再痛苦，即使痛苦得要吊死自己，你们也要待在这个小空间里。他为什么要这么做？为什么不把你们放在一条自由航行的船上，今年到巴西，明年到中国，后年到南非？他没有这样做，是因为普通人几乎都生活在小空间里。他们没有选择的机会，只能待在一个地方，从生到死。但贝克特没有放弃大空间，他在看着大空间，感受着大空间的变化。你们是不是觉得我与你们一样，你们是不是觉得周围的人与你们一样，你们是不是觉得你们想的也是这个时代的人想的？

弗拉第米尔：我觉得我看着眼前的人，都是一样的。

戈多：如果是这样，那么贝克特就没有忽视大空间，他将大空间的一切在一个小空间里表达出来了。这个时代就是这样的，普通人是这样的，上层人也是这样的。不要以为上层人就不是人，他们希望与我们不一样，但实际上还是一样，他们甚至会遇到比我们更困难的问题。在这个时代的荒诞中，普通人甚至不再关心生死，上层人却关心生死，既然他们关心生死，那么一定比我们困惑，比我们荒诞。

爱斯特拉贡：我们荒诞，就意味着现代人荒诞。我们不想接受这个判断，我们也不想啰里啰唆地证明这个判断。

戈多：贝克特创造了你们，让你们忍受他所忍受的，让你们忍受这个时代的人所忍受的，你们就这样忍受着，为什么不反抗？

弗拉第米尔：文字世界从来不是自由的，写的人让我们怎么样，我们就得怎么样。人类的控制欲从来都强烈，既要控制别人，也要控制自己。贝克特创造了我们，让我们听他的，我们只能听他的。我们失去了反抗的愿望，甚至没有这个想法。不过，有时候，我觉得我们啰里啰唆，也是一种反抗，既是对于贝克特的反抗，也是对于这个时代的反抗。

戈多：这个说法闻所未闻。我不觉得这是在反抗，即使你们觉得是在反抗，也跟以前的人不一样。19世纪的人敢于反抗，而且反抗一切，用行动反抗，用思想反抗。你们说自己是在用语言反抗，但你们用的是没有意义的语言，一种让自己失去意义的语言，所以你们即使在反抗，也是用消耗自我的方式反抗。对于那些你们要反抗的人，也就是那些让你们变得荒诞的人，他们以为你们就是个笑话，所以觉得让你们荒诞是对的。

爱斯特拉贡：我们的确是在消耗自我，我们啰里啰唆，好像没人听，我们却觉得失去了自我，也失去了存在的意义。我们不喜欢这种消耗自我的反抗，但 19 世纪的反抗又有什么用？两场世界战争，难道是他们反抗的结果？我们还不是变成了这个样子，这个时代还不是变成了他们不喜欢的样子。

弗拉第米尔：这个时代好像被一种神秘的力量控制着。这种力量支配着一切，像一个玩扑克的人。我们看不到他，却身不由己地说话，坐下，又站起来。我们不知道活着是为了什么，所以我们想在树上吊死。我们也不知道死是为了什么，所以只能活着，从此不再问活着是为了什么，死了是为了什么。但我又看到这个时代的人忙忙碌碌，在战争的废墟上干这个，干那个，寻找存在的意义。

戈多：我们的确在忙忙碌碌，而且付出了很多。可是，当我们的一切被明码标价，无论是想的、说的，还是做的，都被注视，衡量，而且是一次次的注视，一次次的衡量，那么我们就不再是为自己活着，也不知道是为谁活着。我们觉得一定是为了某个人活着，但谁都不承认他就是某个人，他甚至会嘲笑我们，嘲笑我们是格子里的人，而且会说格子里的人既是荒诞的父亲，又是荒诞的孩子。这不再是嘲笑，而是赤裸裸的侮辱，是对善良的侮辱，是对因为善良而宁静的人的侮辱。

爱斯特拉贡：格子里的人既是荒诞的父亲，又是荒诞的孩子。这样说的确是对我们的侮辱，但也没有什么是不可以接受的，因为我们没有什么是不可以失去的。

弗拉第米尔：荒诞的人干什么都可以，但无论干什么，都没有意义。所以，我们在这里等待戈多没有意义，戈多来了，我们也没有意义。

戈多：我要走了，就像我没有来过一样。贝克特觉得我不能出现，但我觉得我要出现。贝克特觉得我一旦出现，他就会失去力量，但我觉得我还是要出现。我为什么要出现？因为我要告诉你们一个道理：这个时代的生命是荒诞的，所以你们是荒诞的；这个时代的精神是荒诞的，所以你们是荒诞的；这个时代的一切是荒诞的，所以你们永远无法逃脱荒诞，在荒诞里出生，在荒诞里活着，在荒诞里消失。你们要在那棵树上吊死，你们系好了绳子，但绳子断了。这时候，你们要接受荒诞的命运，一种不能违背、只能忍受的命运。这才是命运的本质。

弗拉第米尔：你还会回来吗？

戈多：不会。

爱斯特拉贡：那我们怎么办？我们有不知所措的时候，也有惊慌万分的时候。我们不能求助于神灵，因为神灵不见了；我们不能求助于上帝，因为上帝不见了；我们也不能怪罪于国王，因为国王是这个时代的旁观者，有时候甚至比我们更迷惑，更惊慌。

戈多：如果有人告诉你们要相信自由，相信平等，相信博爱，你们还相信吗？

爱斯特拉贡：我们不再相信，因为这个破碎的世界就是被一群相信自由、平等、博爱的人打碎的。我们还能相信什么？

戈多：相信你们自己，相信一定会出现一个完美、善良、深奥的自己，它能承受一切，也能施与一切。

弗拉第米尔：你找到自己了吗？

戈多：我不知道。实际上，有时候我也迷茫，惊慌，所以我不知道我说得对不对。但是，当你们听到一首歌的时候，应该会想起我的话。来这里的路上，我遇到一个小孩，十多岁的样子，站在那里，看着我。他的眼睛里有一种光芒，尽管微弱，却是源于自己的光芒。我问他为什么看着我？他说我长得像他爸爸。我问他的爸爸去哪里了？他说他的爸爸在战场上死了。我问他的爸爸与我长得一样吗？他说不知道，因为他从没有见过他的爸爸。关于爸爸的消息，他只知道一个，在一封信上，是妈妈读给他听的："亲爱的沃特斯太太，我和你的丈夫在意大利，亚历山大元帅认为我们这几天的战斗最壮烈，你的丈夫英勇善战，但德军从四面八方逼近，他不幸阵亡，毫无疑问，他已经阵亡。"我问他叫什么名字？他说他叫罗杰·沃特斯。我说见到他很高兴，沃特斯先生。他说他喜欢音乐，以后他会有自己的乐队，他要为这支乐队创造伟大的音乐，其中有一首歌《墙里的一块砖》，里面有他的爸爸。他说他已经想好了歌词，然后唱给我听：

爸爸飞越了海洋，

留下的只有回忆，

一张家庭相册里的照片。

爸爸，你留给了我什么？

所有一切只是墙里的一块砖。

我们不需要教育，

我们不需要思想控制，

教室里不要有黑色的嘲讽。

老师们，离孩子远点。
所有一切是墙里的一块砖，
你也不过是墙里的一块砖。
我不需要武器包围我，
我不需要毒品麻痹我。
我看到了墙上的留言，
别以为我什么都接受。
所有一切是墙里的一块砖，
你们也是墙里的一块砖。

弗拉第米尔：如果我们听到的是另一首歌呢?

戈多：哪首歌?

爱斯特拉贡：《希望你在这里》。

我们多么希望你在这里。
我们是两个失落的灵魂，
在水里游荡，
年复一年，
在古老的土地上。
我们发现了什么?
我们发现了古老的恐惧。
我们多么希望你在这里。

戈多：我来了，但我是荒诞，所以你们看到我的时候，就是看到了荒诞。你们看到荒诞的时候，也就是看到了你们自己，看到了这个被战争打碎的时代。但荒诞不是终点，荒诞之外有一个深奥的世界。罗杰·沃特斯，那个从来没有见过父亲的孩子，他是我们的希望，他是我们打碎荒诞、拥抱深奥的希望。

之后，戈多不再说话，他从口袋里掏出雪茄，叼在嘴里，然后用火柴点燃。他的脸是浅灰色的，他的手是浅灰色的，他点燃的火也是浅灰色的。他深深地吸了一口，吐出一片浅灰色的烟雾。他向他们挥了挥手，转身离去。

等戈多的影子变得模糊，他们再次看到了一个彩色的戈多。这时候，戈多转过身，向他们说话，但他们什么也听不到。他们看到了他的脸，一张浅黄色的脸，脖子上系了浅蓝色领结，他的衣服在阳光里闪耀着亮丽的深棕色，看起来很帅，在雪茄的烟雾里有一种难以忽视的英雄气概。

戈多站在那里，也看到了两个恢复了色彩的人，黑色的鞋子、蓝色的裤子、白色的衬衫，以及淡黄色的脸，脸上有一片类似于盎格鲁–撒克逊人的红晕。

在这个荒诞的时代，只有在远处才能发现彩色的人。

第三幕

东方人戈多

第三天早上，无风，天空不再晴朗，太阳被无边无际的阴霾遮挡，久久不能出现。弗拉第米尔和爱斯特拉贡几乎同时来到这里，他们看着对方从远处走过来，首先是彩色的，等到走近，看到对方眼睛的时候，瞬间变成黑白色，就像昨天他们看着现代人戈多走来的时候一样。

他们还是觉得惊奇，于是又走到远处，再次看着对方从远处走来，感受着这个让人惊奇的变化。更让他们惊奇的是，他们看到的一切都是如此。在远处，他们看到树上的叶子是绿色的，但走到近处，叶子的绿色消失了，变成浅灰色。这块石头从远处看是浅黄色，当他们坐在上面，低头看的时候，浅黄色已经消失，只剩下灰色的纹理。

他们在一个奇异的世界里等待着，等待戈多。他们不知道戈多会不会来，也不知道今天的戈多是什么样的。但只要他们在这里等待，戈多来了就能找到他们。这是他们唯一确定的。

太阳从阴霾中透出一点光，他们感到了温暖。这种温暖十分特别，好像被冰冷包了起来，无论太阳多么火辣，他们感到的还是冰冷。不久后，太阳再次被阴霾遮掩。他们坐在石头上等待，像去年一样，对于等待的既没有热切的希望，也没有无聊的失望。在希望与失望之间，他们开始了没有意义的对话。

爱斯特拉贡：我们啰里啰唆，没完没了。

弗拉基米尔：这是为了什么都不想。

爱斯特拉贡：你总是有理由。

弗拉基米尔：这是为了什么也不听。

爱斯特拉贡：你还是有理由。

弗拉基米尔：所有死去的声音，都会变成泥土。

爱斯特拉贡：你竟然有千奇百怪的理由。

弗拉基米尔：我热爱千奇百怪，就像我热爱那些我看不见的东西一样。

......

一个人从远处走来。他们觉得那个人应该是戈多，因为他一直看着他们。但他不是西方人，他的肤色是黄色的，比意大利人要白一些，与盎格鲁–撒克逊人也不一样。他的头发有黑色的，也有白色的。那些白头发以前应该是黑色的，但现在变白了。他穿着一身灰色长袍，向他们走来。

忽然间，他们意识到他是东方人。在这个东方与西方已经断裂的时代，竟然有东方人来这里，独自一人在虚幻、破碎的西方街道上走着，走得那么坦然，那么清晰。这足以让他们惊奇，就像哥伦布在欧洲西海岸航行时发现了契丹人一样惊奇。

在这个时代，东方已经被西方人分割，定义，无论是近东、中东，还是远东，都被西方人定义成自己喜欢的样子。这个样子一定不是东方人喜欢的，因为西方人觉得近东人是迷狂的，中东人是野蛮的，远东人是愚昧的。

这个东方人越走越近。他们看清了他的红眼睛的时候，他从彩色变成黑白色，像一个线条构成的轮廓，一直走到他们面前，站在那里看着他们。

戈多：我是戈多，东方人戈多，姓戈，名多。《等待戈多》的消息在这个世界上传播，我听到了这个消息，然后看了《等待戈多》。我觉得贝克特扭曲了戈多，观众扭曲了戈多，所以我要出现。

爱斯特拉贡：你失去了你的颜色，当我们看清你的眼睛的时候，你就失去了你的颜色。

戈多：那是你们看到的，不是我看到的。我看到的你们没有失去颜色，你们坐着的石头、身后的树叶也没有失去颜色。

弗拉基米尔：这个世界到底怎么了？我们看到的与你看到的竟然不一样？

戈多：即使我失去了颜色，但这重要吗？你们说在等我，也的确在等我，但你们等我干什么？你们在这里说了很多话，几乎没有一句话是有用的，你们说再见，要说三遍，你们说你好，也要说三遍。你们说了很多话，却失去了因果关系，既没有原因，也没有结果。这种情况在人类历史从没有出现过，至少我没有见过。所以，你们在这里等待，既不是等待原因，也不是等待结果。我是东方人，又是世界环游者，但你们等待我的时候，并不关心这些事实，你们关心的是作为符号的戈多、作为象征的戈多，而不是具体的戈多、真实的戈多。荒诞的世界里没有具体和真实，只有符号和象征。

爱斯特拉贡：请给我们一点时间，让我们想一想。我们从没有见过东方人，也从没有听过东方人说话。

弗拉基米尔：我们是荒诞的，请你不要让我们更荒诞。我们喜欢符号和象征，因为具体和真实让我们消亡。

戈多：你们吃得好，穿得暖，不劳动也有地方住，不劳动也不会受冻，不会挨饿。但你们可不这么想，你们失去了睡眠，失去了说话的能力，觉得荒诞就是一切。你们讨厌荒诞，又无法离开荒诞，于是觉得荒诞是你们的命运。你们不愿意接受这样的命运，却不敢反抗，或者说失去了反抗的能力，甚至没有反抗的想法。所以，你们只能忍受荒诞，因为荒诞是你们自己，也就是你们的命运。

他们看着戈多，目不转睛地看着，麻木不仁地看着，惊奇万分地看着。他们好像失去了注视的能力，所以目光游移不定，失魂落魄。

戈多：我在很远的地方就看见了你们。我走近的时候，你们瑟缩着，像两个没长大就蔫了的果子。你们遇到了什么事，然后变成了这个样子？你们有什么想不开的，然后变成了这个样子？

弗拉基米尔：我们生来就是这个样子。我们不知道为什么生来就是这个样子，我们也不想这样，但我们不知道怎么办？

爱斯特拉贡：我们确定自己还活着，你为什么一出现就批评我们？

戈多：两个大老爷们，看起来畏畏缩缩的，失去了男人气概，还不如街上的流浪狗。它们的确被人丢弃了，或者找不到自己的家，有的狗失去了尊严，夹着尾巴，被惊慌与死亡追着，跑来跑去，最后被死亡吞没。但有的狗仍然保持着尊严，翘着尾巴，自由自在，等待着未知，等待着死亡。所有生命都畏惧死亡，但当死亡是唯一的路，它们就接受了，像接受未知一样接受死亡。死亡就是未知，未知就是死亡。你们还不如这些流浪狗，你们去看看你们的古典英雄，他们从刀光剑影中走出来，从敌人的鲜血中走出来，为了崇高的荣誉，为了心中的正义，失去了耳朵，失去了手臂，失去了腿，但他们看起来没有一点悔恨，反而像获得了新生。你们是他们的后代，却萎缩了。当你们以这个样子为荣耀，觉得这个样子很深刻的时候，你们不会获得任何敬意。那些像你们一样的人也会轻视你们，像他们轻视自己一样轻视你们，像你们轻视他们一样轻视你们。你们也不会获得女人的爱，永远不会。你们身边的女人看着你们，就像看着一个难以解开的谜。当她们觉得你们不能依靠的时候，她们会相信自己，相信自己的力量。所以，这个时代的女性一定会开启一场前所未有的革命，一场伟大的性别革命，她们可能不会说打倒男性，但她们一定会取代男性。

弗拉基米尔：不瞒你说，我们从来没有关心过性别。你可以说我们是男人，也可以说我们是女人，我们从来不关心自己是男人还是女人。

爱斯特拉贡：我在等待戈多。我是这样想的，也是这样做的，这就是我存在的意义，也是我存在的正义。

戈多：如果你们觉得自己是正义的，也觉得自己在实践正义，但在庞大的不正义面前，你们还是会失败，一次又一次地失败，所以你们觉得有理由荒诞。即使你们是正义的，或者说你们的心里有正义的愿望，可是当你们看到庞大的不正义，仍然毫无办法，只能忽视，于是你们变得荒诞。这不是正义的荒诞，而是不正义的荒诞，或无能为力的荒诞。

弗拉基米尔：贝克特让我们变成了这个样子，我们也不知道自己以前是什么样子。

戈多：贝克特也没有荒诞的理由。他觉得这个时代的一切都是荒诞的，但他去过东方吗？他见过那些为了尊严而失去生命的人吗？他见过那些为了生命而失去生命的人吗？那么多东方人失去了生命，无论是为了什么而失去生命，贝克特都是无视的。即使那些东方人失去了生命，是因为西方人的出现，贝克特也是无视的。

爱斯特拉贡：那我们能怎么办？除了荒诞，我们能怎么办？

戈多：去东方看一看，去东方的矿井里看一看，去东方的农田里看一看，去东方的工厂里看一看，去东方的城市里看一看，看一看东方人所承受的一切。你们看到的一切会让你们震惊，贫困，脏乱，无序，为了活着不顾一切。但你们不要被表象迷惑，表象的背后还有一个深奥的世界，有的地方无限优美，有的地方无限神秘，有的地方无限高贵，有的地方无限枯燥。你们会发现东方是一个无限丰富的世界，还会发现你们的世界越来越枯燥，一样的路，一样的树，一样的房子，一样的人。这些人有一样的眼睛，一样的嘴唇，一样的头发。你们的世界就像一个庞大的工厂，日夜不停地制造着一样的人。有些人厌恶自己的样子，于是变得不一样，但在检验程序中，他会被挑出来，变成残次品。

弗拉基米尔：你觉得我们是残次品吗？

戈多：如果你们能明白一个道理，就不是残次品。

爱斯特拉贡：什么道理？

戈多：有就是无，无就是有，大就是小，小就是大，笑就是哭，哭就是笑。等你们明白了这个道理，就能明白其他的道理，空虚就是实在，荒诞就是丰富，等待就是收获，胜利就是失败。如果明白了这些道理，你们能瞬间复活，扔掉身上那件让你们窒息的荒诞衣服。被荒诞压倒的人就是个笑话。

弗拉基米尔：东方人都这样想吗？

戈多：不是所有的东方人都这样想，但我是这样想的。我是一个游荡者，在近东游荡，在中东游荡，在远东游荡，又到了西方，在西方游荡。我看了《等待戈多》，我知道你们还在这里等我，即使我不出现，你们也会在这里等我。等待是你们的生命，只有等待，你们才觉得活着。我不知道当你们等到了要等的，你们会死去，还是继续活着？如果你们还活着，是像以前那样活着，还是用不同的方式活着？

爱斯特拉贡：我好像知道了一些道理，我觉得与以前不同。但我看看自己，又觉得没什么不同。

戈多：贫困让人发现自己，丰富让人失去自己。真实让人发现自己，谎言让人失去自己。抵抗让人发现自己，征服让人失去自己。

弗拉基米尔：你的意思是东方是贫困的、真实的、抵抗的，西方是丰富的、虚假的、征服的吗？

戈多：是的。

爱斯特拉贡：你为什么这样理解东方，这样理解西方？

戈多：不是我愿意这样理解，而是你们用这样的方式塑造了东方和西方。西方主义是你们发明的，东方主义也是你们发明的。你们用想象的方式理解东方，所以不知道东方人的苦，在这个时代，东方人还在承受着说不出来的苦。你们觉得他们无论承受什么样的苦，都是罪有应得，因为你们觉得他们的存在是不正义的，不合理的，所以他们无论做什么都不正义，也不合理。你们从这个审判中得到了什么？

弗拉基米尔：我们得到了什么？我们不知道得到了什么。

戈多：在这个时代，东方人吃不饱，穿不暖，不得不千方百计地活着。为了活着，有些人会违背良知，有些人要承受良知破碎的后果，这难道是他们的错？这难道是他们应该承受的？你们觉得荒诞得有理，他们却在艰难地活着，为了一点粮食，为了一件衣服，不惜扔掉自己的尊严。你们荒诞得有理吗？

爱斯特拉贡：东方的荒诞与西方的荒诞一样吗？

戈多：不一样，至少在这个时代不一样。西方的荒诞源于失去了意义，无论怎么获得都失去了意义，无论怎么征服都失去了意义，无论怎么强调正义都失去了意义。东方的荒诞是对于获得失去了希望，因为无论怎么努力都得不到。他们又不愿意去征服，于是被你们的正义压在下面，觉得怎么都不对，活着不对，死了也不对。

弗拉基米尔：我们的正义怎么会压迫你们？正义能压迫人吗？

戈多：你们的正义的确在压迫我们，而且压迫了好几百年。

你们可以说你们的正义是纯粹的，然后为所欲为。你们也可以说你们的正义是虚假的，因为只有虚假的正义才会压迫人。

爱斯特拉贡：我们是这样做的吗？

戈多：你们是这样做的，也是这样想的。你们不但用这种方式对待正义，还用这种方式对待自由，对待平等。你们说人生来就是平等的、自由的，你们可能也的确这样对待自己人。你们面对东方人的时候，也会这样说，但你们不会这样做，或者说你们在说谎。你们从来不承认自己说谎，正义的人怎么会说谎？自由的人怎么会说谎？平等的人怎么会说谎？

弗拉基米尔：我承认我们无聊、荒诞，但我们没有说谎。

戈多：如果你们没有说谎，你们怎么会荒诞，甚至变成了荒诞？你们用正义、自由、平等诱惑东方人，欺骗东方人，当你们发现东方人受骗了，你们是高兴的。但是，当你们发现自己也受骗了，你们就变成了荒诞。在这个世界上，有谎言就有真相，有结果就有原因。荒诞好像有神奇的力量，被荒诞征服的人觉得荒诞就是一切，在荒诞里吃，在荒诞里睡，在荒诞里拥抱着荒诞，在荒诞里被荒诞压碎，然后没完没了地啰里啰唆，却不再思考，既不追求真相，也不追求原因。这时候，你们发现自己失去了思考能力，也失去了语言能力，无论说什么，自己都不再相信。你们甚至失去了看的能力，明明看到了很多，却像盲人一样，什么也没看到。最终，你们陷入了让自己绝望的荒诞。

讲到这里，戈多剧烈地咳嗽。

戈多：你们这里的空气是污浊的，烟囱里的煤烟、汽车尾气里的油烟没完没了。我简直无法适应，所以我的眼睛被熏红了，我的嗓子被熏哑了，而你们好像已经习惯了污浊的空气。

爱斯特拉贡：我们承认这里的空气是污浊的。每当雾霾漫天的时候，我们就将雾霾当作荒诞的衣服。

弗拉基米尔：我们的确没有诱惑你，我们只会在这里出现，只会在这里消失。

戈多：你们的确没有诱惑我。你们只会表达，没有接受的能力，也就没有诱惑的能力。贝克特也没有诱惑你们，他创造了你们，让你们展示他自己。但你们的政治家有没有诱惑？你们可能不知道怎么回答这个问题，因为你们没有历史意识，活在当下。你们的当下不断变化，不断替换，所以你们失去了时间意识，然后一次次失落。

爱斯特拉贡：我们的确感到了失落，一种无与伦比的失落。

戈多：这种失落还不是最严重的。很久以前，你们第一次发现东方的时候，尤其是发现中国的时候，那种失落才是最严重的。你们失去了语言能力，你们还能说话，但说的一切都没有意义，所以你们不想说话。但在沉默中，你们发现自己的存在是不合理的，所以必须说话，但只能说谎言。你们说西方是你们的上帝创造的，东方也是你们的上帝创造的。当你们用谎言对抗真相的时候，你们的世界观解体了。教会不得不出来解释，承认他们创造了一个虚假的世界，承认这个虚假的世界里没有东方，承认将非洲人当作猪狗不如的东西是不对的。

弗拉基米尔：这些问题我们都不了解。贝克特创造我们的时候，可能赋予了我们历史意识，但我们不知道怎么用，也就不知道你说的是真的，还是假的。

戈多：我能让一个信仰自由的人相信我说的是真的，却不能让一个信仰荒诞的人相信我说的是真的。不过，你们的历史学家会证明我的话，但前提是他们还没有信仰荒诞，还没有被荒诞粉碎。你们的历史意识可能还没复活，所以不知道西方发现东方时的情况，但你们一定看到了这个时代的情况。你们在《等待戈多》里说了那么多话，你们对哪一句满意？你们觉得哪一句能表达你们的意思？这条路上人来人往，你们让任何一个人停下来，跟他讨论什么是自由，看看他会怎么对待你们？他会不会将你们当作一个笑话？如果你们有机会去东方，向东方人解释自由的含义，他们会觉得你们不可理喻。你们将非洲打碎，是因为自由吗？你们将美洲打碎，是因为自由吗？你们还要将中国打碎，也是因为自由吗？可是，自由仍然让你们自豪，你们也因为自由而觉得高贵，所以这个世界要接受你们的定义。你们还觉得自由能让你们逃脱所有的后果，无论好的，还是坏的。在这些后果的废墟上，你们还在谈论自由，但这个词会变成相反的意思。你们还在说话，但说的每句话都可能背叛你们。这是语言的失语，也是最深奥的失语。当你们发现东方的时候，你们觉得自己失语了。而现在，你们的语言失语了。当你们听到东方人要寻求解放时，你们觉得他们说的是谎言，你们觉得他们没有解放的能力，反而说那是反叛，是对良知的反叛，是对正义的反叛。失语的人不再相信任何语言，既不相信自己的语言，也不相信别人的语言。这种人是痛苦的，而且会无限痛苦，痛苦到不能感受到任何痛苦。在这个时刻，荒诞就会出现，有时候像幽灵一样，围着他，让他看到荒诞；有时候像情人一样，拥抱他，让他喜欢荒诞；有时候像敌人一样压迫他，让他厌恶荒诞。他说他活够了，因为活着没有一点意义，但荒诞要求他活着，因为荒诞不想死，于是他为荒诞活着。

爱斯特拉贡：我们只能这样活着吗？我们就不能安静地活着，快乐地活着，坦然地活着吗？

戈多：当然能。以前，你们就是这样活着，尤其是在那个你们无所不能的时代，你们的船在这个世界上四处航行，你们的人在这个世界上四处游荡。你们去读读威廉·毛姆的东方游记，看看他在东方的时光多么安静，多么快乐，多么坦然，随意观看，随意评论。毛姆到了中国的重庆，他在街上走，看到了很多穷苦人，小商贩、盲眼艺人、按摩女子、苦力、轿夫，为了活下去，他们大声介绍自己的职业，只要有个临时活，就很高兴。毛姆见到一个乞讨者，用破旧的衣服盖着身体，身上有让人恶心的病。毛姆说这是一幅人性的讽刺画，他厌恶他们的声音，也厌恶他们的气味。他认为他们不能发出任何声音，也不能发出任何气味，因为这是恶臭，冲击了他的神经，冲击了他的高贵。这些人活得太苦了，几乎活不下去，也就不再顾及体面。难道这是东方人受到轻视的理由吗？他们也希望过上快乐、安静、坦然的生活，但他们的世界已经被打碎。面对这些穷苦人，任何猎奇的想法都是可耻的。制造罪业的人有罪，可是他们高傲地观看自己的罪业。他们损害了一些人，然后心安理得地厌恶这些人。所以，这个世界是荒诞的。

弗拉基米尔：正义会来，但有时候会迟到。

戈多：别用这些愚蠢的话糊弄那些受到损害的人。迟到的正义不是正义，迟到的正义是荒诞的第一根源。你们喜欢逻辑，所以活在逻辑里，像字母一样活在逻辑里，但这个世界不是逻辑的领地，逻辑不能统治这个世界。如果正义存在，这个世界也可能是符合逻辑的，但正义并不存在，你们仍然活在逻辑里，活在国际法的逻辑里，活在自己想象的逻辑里。

爱斯特拉贡：这一点不能怪我们。我们不喜欢逻辑，也想打碎逻辑，所以我们说的话七零八落。

弗拉基米尔：打碎逻辑是一种自由，是这个时代才有的自由。打碎逻辑也是一种反抗，是这个时代才有的反抗。我们怀念古典自由，我们也知道什么是古典自由，却无法接近，因为它已经解体了，像我们的话一样七零八落。

戈多：你们的确希望自由自在地活着。在这个世界上，谁都希望自由自在地活着，至少要这样活一回，像伟大的国王一样在抢来的土地上巡视。他指着一个人，说那是他的仆人；他指着一片山林，说他要去那里狩猎；他遇到了一群人，他们用崇拜的眼神看着他，向他问好，然后告诉他，他们愿意为了他的荣誉不惜一切，包括自己的生命。在东方面前，你们曾经是这样的人，像那个国王一样行走，观看，审判。你们获得了那么多，还要获得什么呢？你们获得了那么多，却没有变得博爱，宽容，反而只要失去一点，就会荒诞。终究是一场空，你们为什么还要去获得那么多？

弗拉基米尔：我们没有想获得那么多，既不去获得属于自己的，也不去获得不属于自己的。我们在这里等待戈多，既不期待他来，也不期待他不来。我们什么也不想，我们甚至不知道自己活着还是死了。我们有什么错？

戈多：从个体意义上，你们没错，但你们不是个体，你们是文明的符号。

爱斯特拉贡：你是说你和我们的对话是东方文明与西方文明的对话？

戈多：是的，尽管这对你们不公平。

弗拉基米尔：我们从没有想过这样的对话，你来得太突然了。

戈多：真实的往往来得突然，表演的往往如期而至。

爱斯特拉贡：我们不知道说什么，因为我们从来没有想过戈多来了会说什么，更没有想过东方人戈多来了会说什么。

戈多：那是因为你们已经被荒诞征服，失去了活的愿望，也失去了死的愿望，就像一堆稀薄的泥。如果你们还能像威廉·毛姆一样，在一片被征服的土地上快乐、安静、坦然地看着夕阳，而你们是这片土地的征服者，你们就会丢掉荒诞，意气风发，成为这片土地的国王。你们的每句话都有回音，你们的每个想法都会变成现实，你们用什么样的眼光看这里，这里就变成什么样的。但这不是存在的本质，甚至违背了存在的本质，所以你们会失去自己，或者你们的自己会失去意义。一个人如果这样活着，那么总有一天，当源于征服的荣耀消失了，他会觉得自己是个虚空。他害怕虚空，于是要找回那个自己，但那个自己已经消失了，没有留下一点影子。

弗拉基米尔：这一切已经发生，而且不可挽回，我们又能怎么办？我们要无限地承受吗？

戈多：如果你们不去承受，谁又要去承受？但征服东方的时候，你们要感谢征服。因为征服让很多孤独的灵魂找到了希望。

这些孤独的灵魂本来会变成荒诞，但在荒诞之前，征服让他们感受到自己的力量，于是不再荒诞。西方人对于家庭既爱又恨，因为家庭养育了他，又抛弃了他。他受了很多苦，却不能归咎于家庭，因为家庭在西方世界里有时候很尴尬，很多孩子是在家庭之外长大的，不是他们的父亲不养他，而是他们的父亲死了，在战争里死了，在革命里死了，在饥饿中死了。他们只能自己长大，风餐露宿，流离失所。他们从来不会想到一个孩子还能在父亲的怀里长大，或在冬暖夏凉的房子里长大。他们对于自己的母亲也是既爱又恨，母亲养育了他们，又抛弃了他们。长大后，他们成了凄凉的人、冷漠的人、孤独的人。有时候，他们很残暴，有时候很多情，以至于情感失控。他们本来会郁郁而终，但征服东方的时代开始了，他们杀了无数的人，既包括拿着棍子的男人，也包括抱着孩子的女人，他们的愤怒终于得到释放，获得了很多财富，然后变得像个正常人，深沉，坚韧，雄壮，还有温暖的同情心。在你们的世界里，这样的人有很多，在征服东方的路上，在东方人的鲜血中重生。东方人却承受了重生的后果，而且承受了很多年。但有一天，这些征服者竟然陷入了荒诞，你们知道东方人会怎么想吗？

爱斯特拉贡： 没有什么能阻止这种重生吗？

弗拉基米尔： 我觉得这种重生的确有些残酷。

戈多： 西方对于东方的征服拯救了很多孤苦的灵魂，尤其是那些小时候受到不公而无处发泄的灵魂，只是那些受到伤害的并不是制造不公的人。自古以来，你们对于正义有很深刻的理解，例如正义就是给每个人恰如其分的报答，所谓恰如其分，就是把善给予朋友，把恶给予敌人；例如正义是首要的自然法，自然法是人类平等的普遍规则，目的是保护每个人的利益，等等。

爱斯特拉贡： 我们的确是这样理解的，从古代就这样理解。

戈多： 但面对东方，你们违背了正义，而且是两次违背了正义，第一次是在行为中，第二次是在思想中。在行为中，你们将无辜的人当作复仇的对象；在思想中，你们试图用破碎的东方、腐败的东方证明自己的行为是正义的。所以，面对东方，你们对于正义的追求失去了意义，你们做的与说的是矛盾的。你们不要觉得从东方退却后，东方人会忘记一切。他们不会忘记，因为他们要忍受正义被打碎的后果，而且每时每刻都要忍受。他们想从破碎中恢复，但需要漫长的时间。他们希望找回以前的安宁，但这是不可能的，因为安宁一旦被打碎，就很难复原。他们曾经仰望西方，仰望西方人，看着你们哪里都好，你们长得高，长得帅，你们说话的时候有正义感。但有一天，他们被自己所仰望的掀翻了。他们觉得自己错了，不再相信西方，而是反对西方，却陷入了另一个矛盾。那些将他们掀翻的让他们痛苦，又让他们羡慕。既然能掀翻别人，就一定有掀翻的力量，他们觉得还会被掀翻，于是不得不向你们学习，获得不被掀翻的力量。他们忍辱负重，向你们学习，但他们又遇到一个难题，有些无所适从。你们制定了国际法，然后用国际法规范东方，审判东方，制裁东方。在一个实力的世界里，他们最初觉得国际法是可以接受的，但有一天，他们发现你们掀翻了国际法。尤其是日本，那个你们引以为傲的学生，它将亚洲打碎了，以违背国际法的方式。你们只知道日本人喜欢偷袭，不宣战就发动进攻，但你们不知道日本人会杀掉一切，粉碎一切，既粉碎战争人员，也粉碎非战争人员，包括刚出生的孩子。日本人甚至将这种粉碎当作一种前所未有的娱乐。你们见过日本人用小孩的腿骨做的烟斗吗？你们见过日本人将一家三口的皮剥下来，贴在墙上，作为荣耀的战利品吗？这一切，你们都不知道，因为日本人在你们面前表现得像温暖、优雅的学生，那么谦虚，那么勤奋，对你们充满了真诚的敬意。如果你们承认日本人是你们的学生，你们为什么培养了这样的学生？老师是公正的，学生会不公正吗？老师是明智的，学生敢胡作非为吗？老师是愚蠢的，学生能不愚蠢吗？老师走入了荒诞的迷途，学生即使不喜欢荒诞，即使想打破荒诞，也会失去控制。

说到这里，戈多再次剧烈地咳嗽。

戈多：我在东方游历了很多年，从来没有遇到这种情况。这里的空气越来越污浊，我的眼睛被熏红了，我的嗓子被熏哑了，而你们没有受到丝毫影响。我刚才经过一条河，河水是黑色的，臭气熏天，甚至在这里都能闻到，你们竟浑然不觉？

弗拉基米尔：我也不喜欢污浊的空气，我甚至不愿意抬头看天。今天是晴天，但太阳被阴霾遮掩，到处是黯淡。我觉得我被关在一个笼子里，失去了希望。

爱斯特拉贡：没有人能赶走这片阴霾，也没有人关心我们失去了希望，就像我们不关心他们失去了希望一样，所以几乎每个人都觉得这个笼子是存在的，而且牢不可破。

弗拉基米尔：我好像听到贝克特说过一句话，"吊死吧，吊死吧，在这蔓延了一百年的阴霾里"。那时，我们刚把绳子拴在树上，贝克特飞快地写着，决定着我们的生死。我们觉得自己的生命会就此结束,《等待戈多》也会就此结束。但贝克特没有让我们死,因为他让绳子断了。在那个时刻,贝克特有些不知所措,他站起来,走到窗边,看着漫天的阴霾。我想那时候,他是绝望的,但仍然有一点希望,只是他不知道这点希望能燃烧多久。

戈多: 这点希望不能让他快乐地活着,却能让他爆发出惊人的力量,一种打碎一切的力量,用语言打碎意义,用失望打碎理想,用荒诞打碎虚无。你们不要觉得贝克特创造了你们,你们就要对他感恩戴德。你们和贝克特是平等的,平等地希望,平等地失望,平等地绝望,平等地忍受一切,平等地陷入荒诞。

爱斯特拉贡: 我们刚才说到哪里了?

弗拉基米尔: 日本人,日本人是西方的学生吗?

戈多: 你们可以拒绝。但是,当一个人说他是你们的学生,而且对你们毕恭毕敬,甚至跪下来向你们行礼,你们是不能拒绝的,尽管我知道你们有拒绝的愿望。在刚刚结束的战争里,日本人失控了,没有正义,没有廉耻,没日没夜地制造死亡,孩子的死亡、女人的死亡、老人的死亡。日本人要将亚洲打碎,要将亚洲灭亡。来这里的路上,我遇到一个法国人,和他讨论了这个问题。他拒绝承认日本是西方的学生。他说我们荒诞,我们的学生也应该荒诞,而不是暴蛮。然后,他讲了一个在法国流传的故事,他不确定真假,但大概是真的。在刚刚结束的战争里,德国人打到了法国,遇到一支法国军队,战斗过后,一个法国兵被俘虏,而且受伤了。德国人抬着他,回去领功。抬到半路,他们累了,就敲响了一个房子的门。开门的是一个法国女人,五十岁左右,她看了看门外的德国人,德国人说他们累了,还有那个法国人，他受伤了，需要点吃的。法国女人让他们进来，他们站在屋子里，有些拘谨，看着法国女人走进厨房，在里面忙碌。受伤的法国兵躺在地上，闭着眼睛，听着周围的一切。一会儿，她回来了，他听到德国人的脚在地板上快速移动，为她让路。她端着一杯热牛奶，还有一个盘子，盘子里有面包。她走过来，蹲下身，放在法国兵面前。之后，她又站起来，回到厨房。等到法国兵吃完，她为他送行。听到这个故事，我觉得十分吃惊。西方文明因为世界战争而破碎，但文明的碎片中还有温暖和正义。日本人可不会这样做，他们要打碎一切，打碎道德，打碎廉耻，打碎法律，打碎正义。所以，我觉得非要说日本是你们的学生，还是有些勉强，这对你们不公平。

爱斯特拉贡：我们总觉得自己是孤独的人。我们在西方文明里出生，成长，然后长成这个样子，却觉得与这个文明没有一点联系。有时候，我们觉得被这个文明抛弃了。有时候，我们觉得是这个文明的逆子，要打碎这个文明。

戈多：你们可以这样想，也可以这样做，但你们不能否认你们是西方文明的孩子。即使你们不想成为西方文明的孩子，也无法拒绝，因为这是事实，你们的一切与西方文明有关，包括你们对西方文明的厌恶，也是西方文明的一部分。我这样说可能有些不可理喻，你们会迷惑，或荒诞。

弗拉基米尔：我觉得非常迷惑，也非常荒诞。

戈多：你错了，你不知道迷惑与荒诞的关系。迷惑的人不会荒诞，荒诞的人不会迷惑。荒诞是精神的死亡，而迷惑是生命的纠结。荒诞的终点是失去一切希望，而迷惑的终点是放下所有，重新开始。

弗拉基米尔：你是说我们要么荒诞，要么迷惑，而不能既迷惑又荒诞？

爱斯特拉贡：如果选择了迷惑，我们就要迷惑下去，等待着那个终点？

戈多：是的，就像你们等待戈多一样，你们等得很苦，但戈多出现的时候，你们发现自己的等待是有意义的。如果你们是荒诞的，那么你们等待的可能是荒诞。当荒诞出现的时候，你们会看到一个终点，没有温暖，没有冰冷，没有希望，也没有绝望。

弗拉基米尔：你出现了，就是这个终点吗？

戈多：对于你们的等待来说，我的确是一个终点，但也可能是一个新的起点，因为我不是荒诞，我是东方人，一个越过了荒诞的东方人。

说到这里，戈多又一次剧烈地咳嗽。

戈多：污浊的空气让我的眼睛变红，让我的嗓子变哑。这里的荒诞也像污浊的空气一样，让我的眼睛变红，让我的嗓子变哑，尤其是你们的荒诞，或者说是贝克特的荒诞，你们可以荒诞，但没有荒诞的理由。

爱斯特拉贡：所以，这是真正的荒诞。如果有荒诞的理由，才荒诞，这种荒诞也就符合因果关系，听起来没劲。如果没有荒诞的理由，却荒诞了，这是真正的荒诞，既没有原因，也没有结果。

戈多：面对这个被你们打碎的世界，你们为什么荒诞？东方人每天忍饥挨饿，看着自己的孩子饿死了，看着自己的父母饿死了，这是真正的荒诞。而你们吃得好，穿得好，为什么荒诞？你们可能想知道为什么总是被荒诞纠缠？那是因为你们总是用战争和暴力结束荒诞，却不知道荒诞热爱战争和暴力，因为战争是荒诞的父亲，暴力是荒诞的母亲。

弗拉基米尔：这是因为我们无知吗？

爱斯特拉贡：无知是荒诞的孩子吗？

戈多：荒诞有很多孩子，无知是最老实的一个，但它仍然有让人震惊的伤害力，因为它会否认一切，忽视一切，无论是好的，还是坏的。东方人的生活从来都不容易，在你们吃什么有什么的时代，他们吃不饱，面黄肌瘦。但你们会说他们是食草动物，总觉得自己是食肉动物，食肉动物当然可以吃掉食草动物。所以，你们看着被自己破坏的一切，觉得理所应当。糖是甜的，盐是咸的，美的不丑，丑的不美，而你们偏要倒过来。这不是奇思妙想，这是无知。你们可能说自己被战争打昏了头脑，这是你们的问题，也可以说是战争的问题。如果你们对这一切不满，就去找那些发动战争的人，例如希特勒，你们一直想审判他，这是没错的，但丘吉尔就是对的吗？英国人羞辱了德国人，而且羞辱了几百年，英国人就是对的吗？在这场世界战争里，没有一个人做了好事。谁做了坏事，你们去找谁，不要毁了未来的人对于这个世界的看法。

爱斯特拉贡：我有些晕头转向。

戈多：在这个世界上，你们最没有理由晕头转向，却晕头转向。你们去海外开拓殖民地的时候，在海上遇见狂风暴雨，船碰到了礁石，你们怎么没有晕头转向？你们开启了破坏一切的世界战争，死了那么多人，老人、孩子、父亲、母亲，你们怎么没有晕头转向？现在，一切都破碎了，你们晕头转向。但这又是可以理解的，因为被战争打碎的人早晚有一天会晕头转向，热爱战争的人早晚有一天也会晕头转向。

弗拉基米尔：所以，我们应该承受一切。现在，我们荒诞了，是不是已经承受了一切？

戈多：你们可以晕头转向，可以荒诞，可以无知，但你们不会承受一切，因为你们拒绝承认自己做的一切。但无论如何，你们不能无视这个被你们打碎的世界。面对这个世界，你们可以随意破坏，以任何理由破坏，例如以正义的名义，以自由的名义，以平等的名义。你们破坏了一切，还掌握了审判权，而且审判一切，以正义的名义，以自由的名义，以平等的名义。更不可思议的是，你们又掌握了对于审判的审判权，谁不服从审判结果，你们会再次破坏，直到被你们审判的人接受你们的审判。那么，你们有什么理由荒诞，有什么理由无知，有什么理由晕头转向？不要忘了，你们还掌握了定义权，定义一切，定义原因，定义结果，定义过程，定义实践，定义道德，定义思想，总之要定义一切，既包括那些你们觉得应该服从你们的一切，也包括那些不服从你们的一切。你们是这样想的，也是这样做的。你们有什么理由荒诞，有什么理由无知，有什么理由晕头转向？难道是为了逃脱责任，用荒诞的方式逃避责任？面对这个被你们打碎的世界，你们有责任修复它，即使无法修复，也要承担责任。

爱斯特拉贡：我们荒诞，也就是用荒诞定义这个世界吗？

戈多：可能是，也可能不是。你们掌握了对于实践的定义权，也掌握了对于思想的定义权，总之你们希望定义一切，以前用自由定义一切，现在用荒诞定义一切。你们用自由定义一切的时候，觉得自己是光明的；你们用荒诞定义一切的时候，觉得自己消失了。

弗拉基米尔：你说我们应该承担责任，但要怎么承担？一想到这个问题，我们就不知道如何面对这个破碎的世界，甚至不想看一眼这个破碎的世界，我们要如何承担责任？我们没有这样的能力，谁也没教我们，贝克特没有，路过的人没有。实际上，他们也像我们一样，只能看着这个破碎的世界。他们可能有承担的愿望，可是当他们看到这个破碎的世界被雾霾笼罩着，就放弃了。

戈多：既然有破坏的能力，就一定有修复的能力，但你们没有，所以你们荒诞，甚至想变成碎片，混在废墟里，让人看起来无辜，让人看起来深刻。但你们的无辜是假的，你们的深刻也是假的。你们可以这样想，也可以这样做，但你们会变成一个荒诞的谜。什么样的人会荒诞？将困难想象得无限大的人。面对这个困难，他在犹豫。犹豫的时候，他觉得这个困难还在变大。他有些惊慌，向周围的人求助。周围的人说他们没有看到这个困难，或是希望看到他被这个困难吞没。这时候，他会失望，绝望，或悔恨。这个困难不是他一个人造成的，而是这些人一起造成的，但他们拒绝承认，要求他独自承担。他抬起头，看着这个困难向他滚来，要吞没他。他转身要跑，但他的腿已经麻木，他的手已经麻木。麻木还在蔓延，他跑不动了。这时候，他有理由觉得自己是荒诞的，也有理由觉得这个世界是荒诞的。

爱斯特拉贡：我觉得你说得对。我们有理由荒诞，因为我们看到眼前的困难在变大，大到看不见，或者不想看。但我们又没有理由荒诞，因为我们好像又看不见这个困难，即使它把我们吞没，我们也看不见。

戈多：相比于东方人，你们的困难还是很容易解决的，只要真诚地面对这个世界，只要温暖地面对这个世界，只要正义地面对这个世界，就能解决。你们知道东方人遇到了什么困难吗？你们知道东方人在多长时间里忍受这些困难吗？东方有很多古老的文明，古老意味着无限绵延，也意味着无限沉重。你们可以破坏一切，然后活在当下，活在一个封闭的自我中，不管什么是文明的绵延，也不管什么是文明的沉重，但东方人无法这样做。你们一定知道中国，一个无限绵延的文明，但你们不知道中国人在无限绵延中遇到了什么困难。一个皇帝接着一个皇帝，每个皇帝都将这个文明当作私产，将所有人当作任意处置的私产。即使一个皇帝是公正的，却无法保证他的儿子或孙子不是二流子，而多数皇帝的儿子或孙子是二流子，或窝囊废，所以一个朝代接着一个朝代。每个朝代的结束都意味着一场破坏，破坏之后，空白会出现，新奇也会出现。你们不要觉得这个文明断裂了，这是权力的断裂，而不是文明的断裂，因为所有一切已经留在中国人的心里。他们时时刻刻向往光明、正义、崇高和伟大，也会看见这些词后面的东西。他们不想看到后面的东西，却总会看到，所以学会了接受、忍耐和宽容，时刻准备着抗争，为了光明、正义、崇高和伟大。抗争让他们身心俱疲，有时候非常迷惑，但迷惑不会让他们荒诞，因为他们感受到了真正的自己，无限接受的自己，无限忍耐的自己，无限宽容的自己，深奥莫测的自己，一个新生由此开始。

弗拉基米尔：我听得不明白，因为我从来不知道东方人这样活着。贝克特从来不提东方文明，他好像不知道东方文明，他好像觉得西方是这个世界的一切。

戈多：所以，他的荒诞没有道理，他让你们荒诞也没有道理。如果荒诞是在破坏之后出现的，那么受到荒诞困扰的不应该是破坏的人，而是承受破坏的人。但不可思议的是，承受破坏的人变得深奥，而破坏的人陷入了荒诞，失去了自己。有些人内心坚硬，足以赶走荒诞，而且用破坏的方式赶走荒诞。这是误入歧途，或是执迷不悟。美国人又在朝鲜半岛开启了战争，他们还想在越南开启战争，在阿富汗开启战争，总之他们会在所有的地方开启战争，只要他们觉得破坏能赶走荒诞。他们扣下扳机，听着子弹旋转飞行的声音，想象着子弹击中一个人的头或心脏，倒在地上死去，他们会很兴奋。当他们兴奋的时候，他们的意识断裂了，作为人的意识断裂了。他们不知道那个死去的人是一个年轻的父亲，他的孩子在等着他回家。他们不知道那个死去的人是一个还没成家的大孩子，他的父母在等着他回家。他们忘记了这一切，战争变成了恶魔，迷惑他们，让他们走上死亡的路。他们可能会在战争里活下来，甚至获得最高的荣誉，但他们不知道自己变成了魔鬼的助手，挂在胸前的勋章就是魔鬼发的聘任书。美国人还会在欧洲开启战争，他们已经开始准备，自从丘吉尔的演讲之后，他们已经做好了准备。无论是哪场战争，都会让一些人陷入荒诞，让一些人陷入荒诞却不觉得荒诞，让一些人用深刻的荒诞赶走浅薄的荒诞。

爱斯特拉贡：我是荒诞的，不知道自己干了什么，也不知道自己说了什么。我在这个世界上活着，就像在飘浮，四处飘浮，没有根，也没有叶子。我看到身后的树上长了几片叶子，十分惊喜，但我知道那是树的叶子，不是我的叶子。所以，我是荒诞的，但你荒诞吗？中国荒诞吗？东方荒诞吗？

戈多：我有些荒诞，中国有些荒诞，东方也有些荒诞。但我们的荒诞与你们的荒诞不同。我有一个印第安人朋友，他给我讲了一个故事，他们民族中最古老的故事。我讲给你们听一听：

> 从前，世界是一片汪洋，上帝孤独地活着，独自一人，连个立足的地方都没有。于是，他从水底捞起沙子，创造了陆地、岩石和森林，还创造了一个男人。这个男人长着翅膀，可以任意在空中飞翔。他感到孤独，所以上帝又创造了一个女人，他们俩以捕鱼为生，上帝又创造了鹿和其他动物。起初，那里有很多印第安人，因为上帝首先创造了他们，又创造了一个法国人和一个牧师。很久以后，上帝创造了波士顿人和乔治国王。过了一段时间，上帝创造了黑人和一个长尾巴的中国人，他是无足轻重的人，每天像家庭妇女一样忙碌。这些人是新人，只有印第安人是古人。

我告诉他这不是他们民族的古老故事，这是一百年前的故事。他们的民族已经存在了五千年，而他们只记得一百年前的故事。他问我听到这个故事后是否觉得荒诞？我说荒诞，太荒诞了，印第安人把五千年的历史砍掉大部分，只剩下一点点，然后说这是自己的历史。他说他也不想这样讲，但只能这样讲，对我这样讲，对孩子也这样讲。我问美国人觉得这个故事荒诞吗？他说不知道，因为他们根本不听他讲。我告诉他，他们不听他讲才是真正的荒诞。

如果你们问中国荒诞吗？我告诉你们，中国也曾荒诞过。中国以前的那些皇帝不管老百姓的死活，一心握紧权力，结果被权力埋葬，你们说荒诞不荒诞？老百姓也荒诞，皇帝说他们是子民，他们为皇帝劳苦一辈子，却没有几件开心的事，吃不饱，穿不暖，饥馑之年，饿殍遍野，你们说荒诞不荒诞？女人不能像男人那样劳动，所以有些女孩生下来被扔在水里淹死，但男人又希望女人给他们多生孩子，你们说荒诞不荒诞？这样的时代已经结束了，那些古老的帝国已经消失。现在，中国已经从荒诞中复活。这是一次艰难的复活。你们如果不理解中国历史，也就不理解从荒诞中复活的奥秘。

爱斯特拉贡：这是越过荒诞之后的事吗？

戈多：是的，越过荒诞，你会看到一个新世界。

弗拉基米尔：你今天来这里，是为了告诉我们这些吗？

戈多：不是，我对贝克特不满意。他不能这样对待我，将我当成神秘的符号，而且不能出现，然后让人胡思乱想，想来想去，结果也成了神秘的符号。

爱斯特拉贡：但贝克特是公正的。

戈多：那是你们的看法，我不觉得他公正。我不否认他有这样的愿望，但也不确定他一定有这样的愿望。这是我出现的原因，哪怕我的出现会破坏《等待戈多》的结构，哪怕那些喜欢残缺的观众会指责我无事生非，我也要出现。因为我想解释《等待戈多》里的两个人物，波卓与幸运儿。如果我不出现，波卓与幸运儿就会出现，带着奴役的愿望出现，带着被奴役的愿望出现。幸运儿站在你们面前，你们觉得他像西方人，但他是东方人，或者说是东方人的象征。我看到波卓用绳子牵着幸运儿，我就像陷入了历史的污泥中。

弗拉基米尔：你说的污泥是什么？

戈多：是没有人愿意提的黑暗历史，是你们让东方破碎、失去自我的历史。以前，东方没有力量抵挡你们的威胁，也没有力量阻挡你们的进攻，所以你们奴役东方，定义东方，说东方人保守，愚昧，没有人性。现在，东方有力量抵挡你们的威胁，也有力量阻挡你们的进攻，你们还想奴役东方，不能奴役了，还想说东方人保守，愚昧，没有人性。你们说这是不是历史的污泥，是不是黑暗的历史？

爱斯特拉贡：贝克特有奴役的愿望吗？

戈多：我不确定。但幸运儿出现的时候，那的确是奴役的思维。幸运儿的脖子上有绳子，幸运儿不能说话，幸运儿拿着行李，包括一个很重的箱子、一把折叠凳、一个食品篮、一件大衣，他要始终拿着，不能放下。波卓牵着幸运儿，手里拿着鞭子。有时候，波卓用脚踢幸运儿。有时候，波卓用力拽幸运儿脖子上的绳子，将幸运儿摔倒在地。幸运儿仍旧一言不发，忍受着一切。幸运儿可能觉得这是公平的。当他这样想的时候，这才是最不公平的。一个人受到不公平的对待，却觉得是公平的，这一定是最不公平的。但波卓总是很坦然，丝毫不觉得有什么不公平，所以会理直气壮地辱骂幸运儿，说他是猪，说他是腐烂的肉。

弗拉基米尔：贝克特要表达奴役的愿望，还是表达反对奴役的愿望？

戈多：当波卓与幸运儿第一次出现的时候，我不能判断贝克特要表达奴役的愿望，还是表达反对奴役的愿望。第二次出现的时候，波卓瞎了，幸运儿站起来了，我想贝克特要表达的是反对奴役的愿望。

爱斯特拉贡：贝克特反对奴役，他反对谁奴役，又反对奴役谁呢？按照你的说法，他反对奴役东方，而幸运儿是东方的象征。波卓后来瞎了，是不是说奴役东方的人瞎了？

戈多：我觉得是这样的，但这是不是贝克特的意思，我不知道。作为东方人，我看到了波卓与幸运儿的故事，首先就想到了这个问题，但不是说所有奴役东方的人都瞎了，很多人还想继续奴役东方。尽管如此，这些人可能已经意识到，这个世界已经变了。我再给你们重复一遍那个道理，有就是无，无就是有，大就是小，小就是大，笑就是哭，哭就是笑。根据这个道理，奴役别人不是征服别人，而是自我伤害；遭受奴役的人不会彻底完蛋，他们会站在一个新的起点，突破表象，认识真实的世界。东方人是这样认识西方的，也是这样认识这个世界的。有时候，他们会感谢西方，感谢西方将这个世界的真相展现出来，之前覆盖这个世界的表象都消失了。西方人对自己人很好，但他们对东方人可是糟透了，欺骗，隐瞒，狡诈，无所不用其极。你们有机会去东方看一看，会发现西方人仍然用语言和表情招摇撞骗。有些人还会被语言和表情吸引，但其中的逻辑不再有实践的力量。

弗拉基米尔：我想去东方看看。

爱斯特拉贡：我也想去东方看看。

戈多：那就去吧。在这个时代，东方人痛恨西方，但也感谢西方。西方让东方走入荒诞，用毒品让东方荒诞，用大炮让东方荒诞，用语言让东方荒诞。东方人的确也掉进了荒诞的泥潭，但希望也出现了。那里本来是一个男权社会，男人耕地，男人盖房，男人戍边，男人掌握着权柄，有一天，男人荒诞了，他们的勇气被毒品腐蚀，他们的长矛被大炮震碎，他们的希望被语言瓦解。你们能想象，在一个男权社会里，男人堕落之后，女人会怎么想？孩子们会怎么想？不只是家庭秩序解体那么简单，是整个社会的解体。女人要独立，孩子们也要独立。所以，东方人感谢这场世界战争，一切的真实出现了，一切的谎言落幕了，西方人陷入了荒诞，而东方人越过了荒诞。

弗拉基米尔：荒诞从此会消失吗？

戈多：在这个世界上，荒诞从来不会消失。它不在东方游荡的时候，就在西方游荡；它不在南方游荡的时候，就在北方游荡。所以，你们现在开始荒诞了。

爱斯特拉贡：我们怎么办？

戈多：去东方，一定去东方，看看东方人如何走进荒诞，又如何走出了荒诞。

戈多又开始咳嗽。实际上，他一直想咳嗽，但不得不忍着。等说完了想说的，他要咳嗽个够，于是转过身，弯着腰，用力地咳嗽，看起来很痛苦，也很享受。

戈多：在过去的几百年里，东方被颠覆了，但东方的空气那么干净，东方的水那么清澈，水里有鱼，有虾，有螃蟹，还有鱼、虾、螃蟹的传说。当然，你们会看到一个贫穷的东方，吃的不够，穿的不够，住的不够，眼前的一切都是贫乏的。所以，你们会说东方是一片没有褶皱的土地，既没有时间的褶皱，也没有文明的褶皱，而没有褶皱意味着荒凉、单调、贫瘠。但你们不要被表象迷惑，还像以前一样，说东方人保守，愚昧，没有人性。你们在东方看到的一切，听到的一切，无论是你们喜欢的，还是不喜欢的，都是庞大与绵延的回音。你们要注意生活在庞大与绵延中的人，他们的每句话都通向深奥，每个眼神都让你们捉摸不透。你们会迷惑，但不要因为迷惑而无知。只有打碎了迷惑，你们才能走出自己的荒诞。那时候，你们会明白一个道理：在一个破碎的世界里，诺言会走向自己的反面，确定会走向自己的反面，赞扬会走向自己的反面，冷落会走向自己的反面，强大会走向自己的反面，弱小也会走向自己的反面。在走向反面的时候，这些词汇往往不可预测，又确定无疑，因为诺言从未与背叛分离，确定从未与变化分离，赞扬从未与否定分离，冷落从未与热烈分离，强大从未与弱小分离。当你们认识到这个道理，也就知道荒诞从未与崇高分离。如果你们的悟性足够高，还会明白一个道理，西方蔑视东方，奴役东方，但西方不能与东方分离。

弗拉基米尔：西方人戈多会出现吗？

戈多：当你们发现东方的时候，西方人戈多就会出现。

爱斯特拉贡：他就是我们一直等待的戈多吗？

戈多：不是，你们等待的戈多有时候是地狱的影子，有时候是天国的影子，但都是虚无的影子。

弗拉基米尔：你告诉我们西方已经发现东方，为什么西方人戈多没有出现？

戈多：你们以上帝的视野发现东方，以先知的视野发现东方，以统治者的视野发现东方，以制裁者的视野发现东方，所以永远不会发现东方。你们要以人的视野发现东方。你们饿了，知道东方人也会饿；你们累了，知道东方人也会累；你们渴望温暖，知道东方人也渴望温暖；你们想活得优雅，知道东方人也想活得优雅。这才是人的视野，人同此心，心同此理，西方人戈多就会出现。当你们安静的时候，当你们博爱的时候，当你们热爱正义的时候，他会站在你们面前，站在贝克特面前，站在西方人面前。

说完后，戈多起身离开，一路向前，谁都不知道他要去哪里。等他们看到戈多身上的颜色恢复的时候，他转过身，看着他们。他的长袍是淡黄色的，应该是粗糙的麻布，穿在身上有些刺挠，但从远处看落落大方，尤其是在雾霾中，看起来既神秘，又庄严。

这时候，他们再次看到了戈多的眼睛，比刚来的时候更红了。戈多说那是因为污染的空气，但他们觉得不只是因为污染的空气，还因为这个破碎的世界。

一个向往宁静、温暖、和平的人走在一个破碎的世界里，他的眼睛应该是红的。

第四幕

戈多是谁

第四天，他们又来了。弗拉基米尔刚到，爱斯特拉贡就来了。

他们坐在石头上，不知道干什么。有时候，他们觉得还在等待戈多，但戈多已经来了三个，古代人戈多、现代人戈多、东方人戈多，还会有什么样的戈多？机器戈多、动物戈多、植物戈多，或是装扮成柏拉图的戈多、装扮成孔子的戈多、装扮成莎士比亚的戈多？

他们觉得没必要再等了，这个世界已经向他们展示了本来的样子，温暖的与冷漠的，真实的与虚假的，正义的与邪恶的，具体的与荒诞的……既然如此，他们来这里干什么？

戈多没来之前，他们是荒诞的。戈多来了，他们觉得自己的荒诞是有道理的，又是没道理的，他们怎么做才能继续荒诞，怎么做才能驱赶荒诞？他们有些迷惑。东方人戈多说迷惑意味着不荒诞，他们对于这个说法还是不理解。

贝克特不知道《等待戈多》有了生命，自由自在地生长，佶屈聱牙地生长，稀里糊涂地生长，如神似鬼地生长。贝克特要用破碎的语言打碎这个世界，而戈多要用完整的语言重建破碎的世界。尽管如此，这部戏的情节足够完整，所以贝克特应该是满意的。

贝克特之所以不让戈多出现，是一种策略，一种并不新奇的策略。西班牙人高迪用过，他的圣家族大教堂会一直建造下去，高高的脚手架立在那里，让人想象，让人猜测。于是，想象和猜测变成了圣家族大教堂的一部分，脚手架也变成了圣家族大教堂的一部分。现代人喜欢结果，而高迪创造的是过程。这个过程可能会有结果，但谁也不知道这个结果什么时候出现，于是将过程当作结果。

《等待戈多》同样是一个没有结果的过程，让人想象，让人猜测。在想象与猜测中，观众应该是满意的。虽然戈多没有出现，但他们好像见到了一个无所不在、没有痕迹的戈多，而且会热爱这样的戈多。他们走出了剧院，立刻进入一个想象与猜测的世界，他们一定在想戈多是谁。当他们这样想的时候，有人告诉他们戈多来了，就在从剧场里走出去的观众里。他们四处寻找的时候，也就进入了这部戏。

对于戈多的出现，弗拉基米尔和爱斯特拉贡也应该是满意的。他们在文字世界里延长了生命，不再絮絮叨叨，喋喋不休，啰里啰唆。面对戈多，他们展示了自己的内心世界。这个世界不再是贝克特定义的，而是他们自己定义的。在定义的时候，他们觉得自己还是荒诞的，有时候稀里糊涂，有时候疑神疑鬼，但他们看到了荒诞的根源，然后走向这个根源。他们蹲下去，看着这个根源汩汩涌动。他们觉得以前的荒诞是未知的，他们不知道为什么荒诞。而现在，他们的荒诞是已知的，他们仍然荒诞，却知道为什么荒诞，而且仿佛看到了荒诞的终点，实际上又不是终点，而是新的起点。

他们坐在石头上，每当闭上眼睛，就会想起三个戈多，就像做了三个梦，三个戈多出现在梦里，每个梦里的戈多是那么真实，那么清晰。古代人戈多说他们太轻浮了，轻浮的人往往觉得自己很厉害。现代人戈多说他们太脆弱了，征服了这个世界还这么脆弱，简直不可理喻。东方人戈多说他们太无知了，无知的人不辨是非，总觉得自己是高贵的，但在苦难的东方面前，这种高贵既是无知的，又是可耻的。

但如果有人问戈多到底是谁？他们觉得还要想一想。

弗拉基米尔： 有人说戈多是上帝。

爱斯特拉贡： 这个说法太老套了，在我们的时代，简直是无稽之谈。上帝早就消失了，被一次次的瘟疫赶走了，被一次次的战争赶走了，被一次次的革命赶走了，被张牙舞爪的资本主义赶走了，被轰隆隆的机器赶走了，再也不会出现。即使上帝又出现了，你还相信吗？你愿意为了一个虚幻的影子去战斗吗？你愿意为了一个虚幻的影子对着一个三岁孩子的爸爸开枪吗？上帝是不会容忍这种事的，但刚刚结束的世界战争就发生了很多这样的事，你说上帝还会来吗？

弗拉基米尔： 难道我们就要一直荒诞下去吗？

爱斯特拉贡： 我们觉得自己是荒诞的，但这是表象，戈多领我们走进了内心深处。我们从没有来过这个深处，看起来像地狱。我从来没有去过地狱，但我觉得那里是地狱。

弗拉基米尔： 那里为什么是地狱？

爱斯特拉贡：因为所有的真相最终会在地狱里出现。

弗拉基米尔：我们看到了这些真相，是否就不再荒诞？

爱斯特拉贡：不是，我们还是荒诞的，因为知道真相的人都是荒诞的。

弗拉基米尔：那我们在这里等待的戈多到底是谁？

爱斯特拉贡：不知道，每个戈多都说我们等待的是我们的自己，真实的自己、完整的自己、善良的自己。

古代人戈多说他们一生飘泊，稀里糊涂。他们吃得饱，却不知道吃的从哪里来，穿得好，却不知道穿的哪里来，住得好，却不知道房子是怎么盖的。他们在这个世界上活着，好像跟这个世界没有一点关系。这样的人怎么会不荒诞？

弗拉基米尔：那我们怎么办？

爱斯特拉贡：找到自己。

现代人戈多说他们用眼睛看着自己的身体，那么模糊；用耳朵听着自己的声音，那么模糊；他们用手摸到了自己的身体，却觉得那不是自己。他们觉得自己不是这个样子，却不知道自己应该是什么样子。于是，他们去梦里寻找。他们在梦里看到了无数个自己，但一个也不是真正的自己。

弗拉基米尔：那我们怎么办？

爱斯特拉贡：找到自己。

东方人戈多说他们背负了打碎一切的罪，既是打碎东方文明的罪，也是打碎西方文明的罪。打碎一切的时候，他们是勇敢的、无畏的。可是等到一切都被打碎，他们会失落。不是因为他们心疼这些东西，而是因为他们一无所得。所以，东方人戈多说他们高傲，所以沉沦；他们沉沦，所以迷失；他们不知道自己的迷失，所以荒诞。

弗拉基米尔：那我们怎么办?

爱斯特拉贡：找到自己。

弗拉基米尔：找到自己?

爱斯特拉贡：找到自己?

他们面面相觑，不知道怎么办。

弗拉基米尔：我们等待戈多，就是等待自己，戈多是我们的自己。

爱斯特拉贡：我们这样热切地等待着自己，可那是一个什么样的自己?

弗拉基米尔：两百年前，西方人就在寻找自己。有些人觉得找到了，有些人一直没找到，所以还在寻找，有时候用思想革命的方式寻找，有时候用政治革命的方式寻找，有时候用殖民主义的方式寻找，最后又用世界战争的方式寻找，但都没有找到。无论是思想革命还是政治革命，只要是革命，都会让人心潮澎湃。但革命的烈焰熄灭后，死寂会出现。殖民主义和世界战争也让人心潮澎湃，他们站在废墟上，扬起胜利的旗帜，但之后死寂还会出现。

爱斯特拉贡：有人说我们的自己早就出现了，在因果关系里，在目的主义里，在功利主义里，在资本主义制度里，在厚颜无耻的屈服里，在变本加厉的压迫里。只要我们像周围的人一样，热爱眼前的一切，无论这一切是从哪里来的，是抢来的，还是骗来的，是正义的，还是不正义的，我们都能找到自己。

弗拉基米尔：这的确是我们的自己。但这个自己要消灭我们，用诱惑的方式消灭我们，用欺骗的方式消灭我们，用正义的方式消灭我们，用不正义的方式消灭我们。只要我们不服从它，它就说我们是废物。只要我们想一想这个世界为什么破碎了，它就说我们是废物。只要我们想一想如何让这个世界从破碎中复原，它就说我们是废物。

爱斯特拉贡：面对这个自己，我唯一感到满意的是，它说我们无论怎么荒诞，都不是我们的错，因为我们活在这个时代，就应该是荒诞的。它还说荒诞的人是丰富的、焦虑的、无聊的、错乱的，当这些东西缠在一起的时候，荒诞就成了这个时代的精神。

弗拉基米尔：有时候，我觉得我在爬山。这座山很陡，只有一条上山的路。我一边爬，一边毁了这条路，因为我不想别人上来。等我爬上去，我就向山下扔石头，砸死很多人，我很高兴。但我不知道我为什么从山上掉了下来，摔得晕头转向。我看着眼前的一切，好像什么也没看到。上山的路已经被我毁坏，我无法再爬上去。贝克特说这是荒诞，观众也说这是荒诞。但我觉得这不是荒诞，这是无知，这是堕落。如果堕落有尽头，我还是高兴的，但堕落没有尽头，我要一直堕落。

爱斯特拉贡：我也有这种感觉。每当这种感觉出现，一个正义的声音也会出现。它说这种感觉是错的，我可以毁坏上山的路，我可以扔石头砸人，砸死几个都没问题，所以我摔下来了，摔得晕头转向，这是咎由自取。我有些悔恨，却不知道悔恨什么。那个声音又对我说要享受这种感觉，不要迷惑，也不要难过。

弗拉基米尔：你确定那是正义的声音？

爱斯特拉贡：我不确定，可是我一旦不确定，我就会迷惑，也会难过。在难过中，我会想想西西弗斯。他每天在地狱里推石头，从山底推到山顶，重复不已，但他是幸福的，因为他不难过，他知道自己是谁，因为他的世界里只有他自己。而我们，我们活在这个世界上，看到了一切，听到了一切，却看不到自己，听不到自己，最后也看不到这个世界的一切，听不到这个世界的一切。即使这个世界里只有我们自己，我们也找不到自己。

弗拉基米尔：我们是不是永远找不到自己？

爱斯特拉贡：一定要找到。

弗拉基米尔：如果我放弃呢？因为我不知道找到了自己，又有什么用？

爱斯特拉贡：你将不再荒诞，或者越过荒诞，看到荒诞背后的世界。即使那个世界里还是荒诞，但那里的荒诞是有生命的，它会伸开双手，热烈地拥抱你。如果你还不知道找到自己有什么用，那么我告诉你，找不到的结果更严重。

弗拉基米尔：为什么？

爱斯特拉贡：因为机器怪物社会要出现了。机器怪物什么都会做，洗衣、做饭、发电报、打电话，还可能会驾驶、说话、思考。在这个怪物出现之前，如果你还找不到自己，那就没机会了。机器怪物会吞噬你，吞噬你的灵魂。

弗拉基米尔：我本来就没有灵魂，也不知道灵魂是什么？

爱斯特拉贡：那你总该知道动物是什么？机器怪物会让你服从动物，将狗奉为神明，将猪奉为神明，像狗一样叫，像猪一样吃。你还活着，却活得不如猪，也不如狗。那时候，即使你希望感受荒诞，却无法感受荒诞，因为你已经不能感受一切。我们荒诞，是因为我们还有良知，只是我们的良知被神秘的力量压倒了。但在机器怪物面前，我们的良知不是被压倒了，而是消失了。

弗拉基米尔：所以，我们一定要找到自己？

爱斯特拉贡：是的，我们在等待戈多，等待的就是自己。

弗拉基米尔：戈多来了，我们的自己为什么没有来？它去哪里了？

爱斯特拉贡：我们的自己从来没有消失，但我们总是拒绝它。

弗拉基米尔：那就是说，我们还活在荒诞中。这样荒诞下去，我实在受不了。

爱斯特拉贡：当我们知道我们在这里等待自己的时候，我们面前出现了几条路，实际上我们也只有这几条路。第一条路是去找一根结实的绳子，在那棵树上吊死，因为我们喜欢荒诞，在荒诞中开始，又在荒诞中结束，所以永远是荒诞的。我想贝克特一定喜欢这个结局，从此之后，他成为荒诞之父，而我们成为荒诞的道具，不再有反抗的能力，也不再有辩解的能力。第二条路是去找贝克特，告诉他我们不喜欢成为荒诞的道具，但这条路估计走不通，因为贝克特写完《等待戈多》之后，就不再看这本书。他不翻书，我们就出不去，也就见不到他。第三条路是去东方，我不知道东方人戈多说得对不对，但是去看一看，至少能离开这个让我们荒诞的地方。我不知道最终结果是什么，我们是否能逃离荒诞，但逃离本身就是对于荒诞的反抗，总比痴痴地等着贝克特翻开《等待戈多》要好。所以，第三条路是可行的，我们要去东方寻找自己，去我们破坏的废墟上寻找自己。

弗拉基米尔：去我们破坏的废墟，那是去赎罪吗？

爱斯特拉贡：我们荒诞，不是因为我们贫穷，而是因为我们喜欢没完没了的战争。我们觉得自己胜利了，敌人已经被我们摧毁，但那是可见的敌人，战场上还有一个不可见的影子。在炮火纷飞的时候，没有人看到这个影子，可是当我们庆祝胜利的时候，这个影子就会出现，然后颠倒一切，胜利者失败了，而失败者胜利了。

弗拉基米尔：一定要去东方吗？

爱斯特拉贡：一定。

弗拉基米尔：东方那么大，我们要去哪里？

爱斯特拉贡：中国，我觉得那个戈多是中国人，我从他的眼睛里看到了无限绵延的深奥，无法理解，又不能忽视。

弗拉基米尔：你确定我们去中国吗？我们打了他们，从来没有道歉，现在又围堵他们，他们不会打我们吗？

爱斯特拉贡：我们连荒诞都不怕，还怕挨打？荒诞让我们感觉不到活着，也感觉不到死了。我们在这个世界上活着，却好像从未来过这个世界。我不想这样活着，宁愿被打死，那也是存在的迹象。

他们做了一个梦，醒来的时候，一切都变了。爱斯特拉贡本来躺在石头上，弗拉基米尔斜靠着石头，醒来后，他们发现躺在一片已经收割的麦地里。爱斯特拉贡翻了翻身，胳膊碰到了麦茬，刺得有些疼。

他们站起来，赤着脚，在麦地的一条小路上走着。他们看到一个小村子，有些远，但能模模糊糊地听到孩子叫喊的声音，还有乐器的声音。他们从未听过这种声音，所以觉得好奇。

他们转过身，看到不远处有个小女孩，十岁左右的样子。她低着头，牵着牛，牛突然跑了，她紧握绳子，结果被牛拖行。他们跑上前，将牛拦下来，解救了小女孩。

弗拉基米尔：你为什么不松手？

小女孩：一松手牛就跑了，我家里只有一头牛，全靠它犁地吃饭。

弗拉基米尔：你的生命更重要，如果你被牛拖死了，你的父母会无比难过的。

小女孩：我的父母不会难过。

弗拉基米尔：为什么？

小女孩：我是家里的第二个女孩，作为第二个出生的女孩，我是不幸的。我的父母希望有个男孩，结果第一个是女孩，我的父母有些难过。但第二个还是女孩，我的父母变得不耐烦，有些生气，责怪我为什么来到这个世界。第三个才是男孩，我的父母很高兴，但对我还是不满，觉得我是多余的。我不想看到父母难过，于是跟牛一起睡，一起醒，一起劳动，一起收工。有时候，我不想回家，但我又能去哪里？

他们觉得这个小女孩真不容易。她的后背一片淤青，后脚跟裂了一块皮，像被牛脚踩了，鲜血直流。她在哭，声音很小，但听起来十分悲伤。

在这个时刻，他们心中的荒诞消失了，几乎是在一瞬间消失的。他们感到自己的脚陷在泥地里，黏糊糊的，软绵绵的，好像在自然的怀抱里。他们的手火辣辣地疼，因为刚才拉牛的时候用力太多。

在这个时刻，他们的眼睛恢复了正常。他们看着眼前的黄色、绿色、蓝色、灰色。他们的味觉也恢复了正常，闻到了麦秆的味道、青草的味道，也闻到了小女孩眼泪的味道。一阵风吹来，他们觉得那么温暖。这是一种沉重的温暖，一种压抑的温暖，无法拒绝，也无法释放。

他们想帮一帮小女孩，但要怎么帮呢？他们从来没有享受过父母的爱，甚至不知道自己的父母是谁，一直孤孤单单地活着。他们即使有爱的愿望，却没有爱的能力。他们站在她面前，看着她流泪的眼睛，他们不知道能做什么。

弗拉基米尔脱掉了上衣，披在小女孩身上，但他们还能为她做什么？难道要带她去那块石头附近，在荒诞中等待，等待戈多出现？或者带她去找贝克特，让贝克特收留她？这也不行，他们陷入的是抽象的荒诞，而贝克特陷入的是具体的荒诞。每当他们闭上眼睛，抽象的荒诞会消失，他们还觉得自己是荒诞的，但仅仅是一种荒诞的感觉。而具体的荒诞不会消失，每当贝克特闭上眼睛，具体的荒诞会变成一个怪物，在他的心里，或在他的梦里翻滚，跳跃。所以每当醒来，贝克特的脸上会多一道皱纹。他们想到了东方人戈多，他可能会帮助小女孩，但他们不知道他去了哪里。

他们只能离开，忍受着道德的谴责，忍受着正义的谴责。这些谴责让他们难过，但也挤碎了心中残存的荒诞。

他们沿着麦田的小路往前走，走进一个小村子。其中一户人家张灯结彩，灰色的木头门上贴了红色的纸，纸上有黑色的字。

门里门外有很多人，小孩子在人群中间穿梭，喊叫，看起来很高兴。

他们觉得有些特别，但不知道发生了什么，于是在人群里等待，就像等待戈多一样等待。不久之后，一个穿新衣服的男人出来，背着一个穿新衣服的女人，他们很年轻，很高兴。他们身后跟着一个中年男人，他的皮肤是棕色的，脸上有很多皱纹，闪耀着光。他看起来并不高兴，好像有些难过。

他们觉得中年男人想跟着两个穿新衣服的人，一直走，但出门后，他停下来，站在那里。年轻男人也停下来，年轻女人转过头，看着中年男人。她没有说话，她在流泪。中年男人仍然是肃穆的，但他的眼睛里也有泪。她擦着眼泪，看着他，而他任凭眼泪往下流。

年轻男人背着年轻女人，走到一辆装饰一新的马车旁边，年轻男人爬上去，又将年轻女人拉上去，年轻女人探出头，看着中年男人。

这时候，他们在远处听到的声音又出现了，咚咚咚……锵锵锵……一匹棕色的马拉着车向前走。他们跟在后面，一直等到马车走出小村子，人群散去。

爱斯特拉贡问年轻男人发生了什么？

年轻男人：我来娶媳妇，中年男人是我的岳父。十年前，他的妻子去世了，他独自抚养两个孩子，一个女儿，一个儿子，现在女儿出嫁，他有些难过。

爱斯特拉贡：女儿出嫁，父亲为什么难过？

年轻男人：女人身体弱，吃不饱，穿不暖，负担的东西那么多，不知道未来怎么样，所以他会难过。这个时代的女人解放了，但女人的命还不是自主的，嫁鸡随鸡，嫁狗随狗。

爱斯特拉贡：那你是鸡，还是狗？

年轻男人笑了，年轻女人也笑了。

年轻女人：他不是鸡，也不是狗，他是个好人。

他们向他们祝贺，祝贺他们幸福一生。

在一个山岭上，他们遇到一个流浪的白胡子老人，坐在路边的石头上休息。

白胡子老人：我是抗美援朝的机枪手，参加了很多战役，躲过了无数的炮弹，最后活着回来了。我一直想不明白一个问题，明明是一个荒山，美国人为什么炸了一遍又一遍，先用飞机炸，再用大炮炸，轮番轰炸，最后树根都被掀出来。我们翻地种粮食，也没有炮弹炸得好。回来后，我害怕声音，也不敢在屋里待着，我喜欢在外面，到处游荡。有时候，我的精神恍惚，分不清东西南北，分不清白天黑夜，战场上的声音总在我的心里，忘不掉。

弗拉基米尔：你是不是觉得这个世界有些荒诞？

白胡子老人：我不知道什么是荒诞。

弗拉基米尔：荒诞就是没有意义，看到的没有意义，听到的没有意义，想到的也没有意义，活着没有意义，死了也没有意义。

白胡子老人看着他们，有些疑惑。

白胡子老人：我从来没有这样疑惑。我被炮弹震晕过，醒来的时候也没有这样疑惑。

白胡子老人从一个袋子里取出一块凉馒头，还有一块咸菜，吃口馒头，再吃点咸菜。

白胡子老人：饿了吃点干粮，这就是意义。以前，我们吃糠咽菜，树皮都剥光了，都吃不饱，没想到现在能吃到白面馒头，而且顿顿吃，这就是意义。我从来不糊弄人，从来不为难人，从来不伤害人，什么样的苦都能受着，什么样的福都能接着，所以无论怎么样，我都心安理得，这就是意义。你们想点有用的，别想那么多没用的。你们觉得荒诞很好，那是因为你们活着，无忧无虑地活着。我们与你们不一样，我们要费尽千辛万苦才能活着。

突然间，远处传来一个声音，好像是从一个扩音器里传来的，语速很慢，被风吹得飘忽，大意是每个人要努力干活，争取麦子丰收，然后照顾好玉米苗，等待秋收，秋收后继续农田水利建设，每家出一个人，带着干粮修水库，大干一个月，明年又是大丰收。

弗拉基米尔：为什么种地要一起种，修水库要一起修？

白胡子老人：美国人封锁了中国的出海口，以前就封了，但朝鲜战争后封得更严，所以中国人要靠自力更生，而且只有这一条路。

弗拉基米尔：这里是你的家乡吗？

白胡子老人：是的，战争结束后，我回到了家乡，后来担任民兵营的队长。但我总觉得战争的影子又来了，有时候追着我跑，让我心神不宁，所以我干不了这个活。

他们在这片土地上走着，有时候觉得没有目的，有时候觉得到处都是目的。他们看到的一切，听到的一切，摸到的一切都是目的，因为这一切让他们感受到了一个真实的东方，一个真实的世界。

这是一个庞大的国度，每个人的声音听起来那么微弱，没有回音。这是一个绵长的国度，那么古老，每个人的声音听起来那么遥远，也没有回音。但没有回音并不意味着会消失不见。每个人的声音都在传播，在每个人的心里传播，从上一代传到下一代。

在一个凉爽的秋夜，他们走累了，就在路边的干水渠里休息，然后睡着了。他们觉得这里很温暖，所以睡得很香，而且做了一个深奥的梦。

他们梦见自己又坐在那块石头上，后面的树上长满了叶子。他们看到荒诞来了，像一个落魄的孩子，抱着他们的腿，仰起头看着他们，眼睛里有贪婪，有抱怨，有愤怒，有迷失。他们不想看它的眼睛，所以想离开这个地方。他们站起来，起身要走，忽然发现自己面前是整个世界，东方、西方，南方、北方，还有陆地、海洋。他们看着古代人戈多走过来，对着他们微笑，然后离开。他们看着现代人戈多走过来，对着他们微笑，然后离开。他们看着东方人戈多走过来，对着他们微笑，然后离开。

他们醒了，相互确认了一下，这的确是一个梦，一个让他们惊奇的梦。于是，他们又回到梦里。他们看到了那个小女孩，她牵着牛，一路走来，对着他们微笑，然后离开。他们看到了那对新婚夫妻，他们挽着手，一路走来，新娘的脸上有喜悦，也有悲伤，她的父亲已经抹干了眼泪，在远处安静地看着女儿，想象着，忍耐着。他们又看到了那个老人，他的衣服还是脏旧的，他的眼睛还是那么淡然，他的腿一瘸一拐，一路走来，对着他们微笑，然后离开。这是一个古老的民族，一个在艰难与深情中生息繁衍的古老民族，曾经在艰难中无限迷惑，又在深情中努力向前。

他们觉得自己的面前有一部史诗。一切都是庞大的，一切都是久远的，一切都是复杂的，不可捉摸，又无法忽视。每个人的话里有无限的庞大、久远、复杂、深奥，每个人的眼神里有无限的庞大、久远、复杂、深奥。

最初，他们觉得这部史诗刚刚结束。之后，他们又觉得这部史诗有两部分，第一部分结束了，第二部分才刚刚开始。他们站在这部史诗的中间，感受着这个民族在艰难中的自我调整，向前看是无限绵延的深奥，向后看还是无限绵延的深奥。

他们翻了翻身，这个梦还在继续。

他们觉得中国是人类历史的中心，因为这里包含了人类历史上的一切，有深奥，有浅薄，有高贵，有平凡，有伟大，有背叛，有最确定的，也有最不确定的。但中国不是因为这些东西而成为人类历史的中心，这些东西在其他地方也会出现。他们觉得中国之所以成为人类历史的中心，是因为中国还有其他东西，例如一次次面对侵略、屠杀，一次次反抗侵略、屠杀。奴役中国的愿望从西方来，也从东方来，征服中国的愿望从西方来，也从东方来。在刚刚结束的战争里，日本人攻击了美国人，但日本人也从美国人那里学到一个本领，种族灭绝。为此，日本人发动了细菌战、化学战，要彻底践踏中国，消灭一切有生命的东西，然后希望像美国人那样获得一片广袤的土地。

他们又翻了翻身，这个梦还在继续。

弗拉基米尔：日本人为什么在我们面前那么亲切，那么温暖，乐善好施，充满了博爱精神，这一切都是假的吗？日本人在表演吗？日本人在欺骗我们吗？

爱斯特拉贡：我不知道，但我知道这个世界的历史在中国汇集。贝克特说西方是世界的中心，他的眼里只有西方，仿佛这个世界就是西方。他有些孤独，有些固执，将自己的心情当作西方的心情，又将西方的心情当作这个世界的心情。所以，他觉得荒诞的时候，就创造了我们，让我们说这个世界也是荒诞的。

弗拉基米尔：贝克特说得不对。缺少历史意识的人才会这样说，缺少道德意识的人才会这样说，缺少普世精神的人才会这样说。即使这些人说得有理，西方也仅仅是现代历史的中心，而不是人类历史的中心。

在这个时刻，他们又有一个希望。他们希望贝克特出现，从远处走过来，站在他们面前。他们要问一问贝克特为什么这样想，及这样想对不对。

于是，他们在人群里寻找贝克特，看了又看，始终没有找到。他们有些生气，握紧了拳头。他们又有些难过，因为他们不想变成贝克特希望他们变成的样子。

突然间，他们意识到自己还在梦里，因为他们看到了上帝的背影，一个离开的背影，一路向前，头也不回，所以不知道他的样子。但他们知道他是被赶走的，被机器的轰鸣赶走，被无尽的诱惑赶走，被浅薄的快乐赶走，被无耻的谎言赶走，被大炮的轰鸣赶走，被一场又一场以他的名义发动的战争赶走。所以，他离开的时候没有留下一句话。

这时候，一个声音出现了，告诉他们上帝永远离开了，之后戈多就是他们的上帝。

他们觉得这是无稽之谈，上帝是上帝，戈多是戈多，但他们还是要回答一个问题，戈多是谁？这个问题让他们纠结，在梦中皱起了眉。

弗拉基米尔：戈多不是一个失去自己的人。他知道自己是谁，他知道自己从哪里来，要到哪里去；他知道自己说过什么，做过什么；他知道自己做对了什么，做错了什么，也知道自己为什么对了，为什么错了。

爱斯特拉贡：戈多不是英国人，不是法国人，不是西方人，不是东方人，他是一个世界人，也就是了解这个世界的人。他会在变化中迷失，也会在迷失中反省。他了解这个世界的所有变化，并在这些变化中变化着，从来都不会荒诞。

弗拉基米尔：戈多是一个世界精神，到处旅行，看遍了这个世界，知道这个世界为什么变成了这个样子。有人承受这个样子，有人嘲笑这个样子，有人还在继续破坏。

爱斯特拉贡：戈多应该是一个革命者，打碎这个冰冷的时代，让温暖降临，打碎目的主义，因为目的主义像复活的暴君，让人轻视过程，在目的里迷惑，争斗，杀戮。在戈多建立的新世界里，温暖无处不在，热恋无处不在，真诚无处不在。

他们又翻了翻身，这个梦依旧在继续。

他们觉得戈多不止如此，他像一个启示，一个深邃、博爱、坚强的启示，甚至是传递启示的启示。当一个人觉得自己是深邃的、博爱的、坚强的，他就会变成启示。他可以说自己就是戈多，也可以说戈多就是自己，或者说自己就是自己，然后向这个世界传递深邃、博爱、坚强。

他们醒来后，又看到了身边的石头，有些失落。

很快，他们得知 1968 年法国青年革命的消息，尽管那是几年前的消息，但他们看到了那些涂在巴黎墙上的标语，仍然感到兴奋：

> 人与人相互友爱。
>
> 棍棒教育出了冷漠。
>
> 别人的自由熄灭了我的自由。
>
> 黄金时代就是黄金不能称王的时代。
>
> 当人人都属于自己，我们就是新的好主人。
>
> 存在财产，才存在战争、暴乱，还有不正义。
>
> 消费社会不得好死，异化社会不得好死。我们渴望新世界，一个拒绝用无聊致死的危险换取免于饥饿的新世界。

从此之后，他们越过了荒诞，看到了荒诞之外的世界。

他们觉得贝克特引领了青年人，又误导了青年人，因为他始终没有给那些被荒诞捕获的青年人一个确定的回答。所以，他们痛恨贝克特，无事生非，让人空虚，而且让人空虚得有理。

想到这里，他们觉得法国青年人没有开创一个新世界，有些可惜，因为这可能是青年人最后的机会，不然西方文明真的没救了。

一百年前，很多智者预见到西方文明的没落。那时候，根本没有人相信，他们觉得这些智者是在哗众取宠，或危言耸听。而现在，没落的结果已经出现。

荒诞是这个结果的旗帜，迎风飘扬，所有迷茫的人在这面旗帜下聚集，然后一同陷入荒诞，将荒诞当作归来的上帝，他的名字叫戈多。但他们错了，他们不知道受到伤害的人是施加伤害的人的上帝，所以施加伤害的人要向受到伤害的人祈祷。

受到伤害的人承受了无限多的恶，在他们发起正义的报复之前，向他们祈祷吧，就像对着上帝祈祷一样，真诚地说出自己的错，真诚地说出自己错在哪里。只有这样，施加伤害的人才能找到自己，从此不再被黑暗迷惑，然后走上黑暗的路；从此不再被邪恶迷惑，然后走上邪恶的路；从此不再被荒诞迷惑，然后走上荒诞的路。

图书在版编目(CIP)数据

戈多来了 ：贝克特《等待戈多》续篇 / 徐前进著. ——
上海 ：上海三联书店，2025. 1. -- ISBN 978-7-5426
-8803-3

Ⅰ. Ⅰ247.5

中国国家版本馆 CIP 数据核字第 2024L897W9 号

戈多来了:贝克特《等待戈多》续篇

著　　者 / 徐前进

责任编辑 / 殷亚平
装帧设计 / 徐　徐
监　　制 / 姚　军
责任校对 / 王凌霄

出版发行 / 上海三联書店
　　　　　(200041)中国上海市静安区威海路 755 号 30 楼
邮　　箱 / sdxsanlian@sina.com
联系电话 / 编辑部：021－22895517
　　　　　发行部：021－22895559
印　　刷 / 上海惠敦印务科技有限公司

版　　次 / 2025 年 1 月第 1 版
印　　次 / 2025 年 1 月第 1 次印刷
开　　本 / 890mm×1240mm　1/32
字　　数 / 100 千字
印　　张 / 4.625
书　　号 / ISBN 978－7－5426－8803－3/Ⅰ·1920
定　　价 / 58.00 元

敬启读者,如发现本书有印装质量问题,请与印刷厂联系 13917066329